365日の WONDER
ワンダー

ブラウン先生の格言ノート

R・J・パラシオ

訳＝中井はるの

365 DAYS OF WONDER : Mr. Browne's Book of Precepts
by R. J. Palacio
Copyright © 2014 by R. J. Palacio
Japanese translation rights arranged with
Trident Media Group, LLC
through Japan UNI Agency, Inc., Tokyo.
Japanese language edition published by HOLP SHUPPAN, Publishing, Tokyo.
Printed in Japan.

日本語版装幀＝タカハシデザイン室

わたしの最初の教師、
父にささげる

教師の影響は永遠だ。
どこまで影響が続くのか、
自分でもわからないほどだ。

──ヘンリー・アダムズ

格言<ruby>格<rt>かく</rt></ruby><ruby>言<rt>げん</rt></ruby>というものは、とても<ruby>重宝<rt>ちょうほう</rt></ruby>する。
ありかがわからなくなってしまった多くの書物よりも、
すぐ思い<ruby>浮<rt>う</rt></ruby>かぶ身近な格言のほうが、
幸せな人生に役立っている。

——ルキウス・アンナエウス・セネカ

格言

　ぼくの父の名はトーマス・ブラウン。そして、父の父の名もトーマス・ブラウン。それで、ぼくもトーマス・ブラウンと名付けられた。大学4年生になるまで、世界的に有名なトーマス・ブラウンがいたことを、まったく知らなかった。17世紀イギリスにいた人だ。サー・トーマス・ブラウンはすぐれた著作家で、自然界を考察し、科学をはじめさまざまな分野を研究した。そして、異なるものを排除するのがふつうとされていた時代に、寛容の精神を主張した。早い話が、ぼくは、この上なくすばらしい名前をもらえたわけだ。

　ぼくは大学で、サー・トーマス・ブラウンの著作をいろいろ読みはじめた。たとえば、『プセウドドキシア・エピデミカ』という、当時多くの人びとが信じていた数かずのまちがった常識を暴いた本。それから、『医師の信仰』という、当時きわめて型やぶりとみなされた宗教的な探求をふくんでいる本などだ。この『医師の信仰』を読んでいたときに、すばらしい言葉に出会った。

われわれが探し求めている奇跡は、われわれの内にある。

　この一文の美しさと力に、はっとした。なぜだろう。もしかしたら、ちょうどぼくの人生でこの言葉が必要なときだったのかもしれない。教職という、自分が選んだ職業が、ほんとうに奇跡に満ちて満足できるものなのかどうか、悩んでいたときだったから。ぼくは、この言葉を小さな紙に書いて自分の部屋の壁に貼った。卒業するまでずっとそのままで、

大学院にも持って行った。平和部隊のボランティアとして海外へ行ったときも、財布に入れていた。結婚したときに、妻がラミネート加工して額に入れてくれ、今はブロンクスのぼくらのアパートの玄関にかけてある。

　この格言がきっかけとなり、ぼくは、スクラップブックにたくさんの格言を集めだした。読んだ本にのっていた文、フォーチュンクッキーのおみくじの言葉、グリーティングカードの言葉。ナイキの宣伝コピー「Just do it!」行動あるのみですら書きとめた。ぼくにぴったりの言葉だと思ったからだ。インスピレーションというのは、どこからでも受けられるものだよ、まったく。

　はじめて生徒に格言を教えたのは、教育実習のときだ。作文を書かせなくてはならなかったのだけど、なかなか生徒が興味を持ってくれなくて苦労していた。たしか、自分にとって大事な意味のあるものについて短い作文を書かせようとしていた。それで、あのラミネート加工したサー・トーマス・ブラウンの格言を出して、ぼくにはうんと意味のあるものなのだと、生徒たちに見せたわけだ。すると生徒たちは、この格言がなぜぼくの心を打ったのかなんてことよりも、この格言自体の意味を考えることに興味を持ったのだ。そこで、作文はこの格言について書いてもらうことに変更した。生徒たちの書いた作文が、なんとすばらしかったことか！

　それからは、ずっと授業で格言を使っている。ウェブスター辞典によると、格言とは「行動の一般的な規則となることを意図した指示や方針」だ。生徒たちには、もっとかんたんな言葉を使い、格言とは「人生で助けになってくれる言葉」だと説明している。

　いつも月はじめに新しい格言を黒板に書き、生徒たちはそれをノートへ写し、みんなでその格言について話し合う。そして月末には、その格言について作文を書いてもらう。学年が終わるとき、つまり夏休

みに入る前には、ぼくの住所を教え、夏休みのあいだに自分自身の格言をハガキに書いて送ってほしいと伝える。有名な人の言葉でもいいし、自分で作った格言でもいい。最初の年は、もしかしたら1枚もハガキが来ないのではと思ったものだ。ところが、どのクラスのどの子も送ってきたのだから、ほんとうにびっくり！　さらに、その次の夏にも同じことが起きたのだから、いったいぼくがどれだけ驚いたことか想像できるだろうか。このときひとつだけ、前の年とのちがいがあった。なんと、その年教えていた生徒たちからだけでなく、その前の年に教えた生徒の何人かからもハガキが届いたのだ！

　教師になって10年たった。今これを書いている時点で、2000ほどの格言が集まった。ビーチャー学園中等部校長のトゥシュマン先生がこのことを聞いて、格言をまとめて本にして、世の人びとと分かち合ってはどうかと言ってくれた。

　その提案にぼくは乗り気になったのだが、どこからはじめたらよいのだろう？　本にのせる格言を、どうやって選べばよいのだろう？　ぼくは、特に子どもたちが共鳴するテーマにねらいを定めることにした。親切、人格の気高さ、逆境に打ち勝つこと、そして、世の中でよい行いをすること。ぼくは、精神を高めてくれる格言が好きだ。1年のそれぞれの日のために、ひとつずつ格言を選んだ。この本の読者に、いつも新しい1日を「人生で助けになってくれる言葉」といっしょに迎えてほしいと思う。

　多くの人と大好きな格言を分かち合うことができ、うれしくてたまらない。長年自分で集めてきたものが多いが、生徒たちに教えてもらったものもある。どれも、ぼくには大事な意味があるものばかりだ。読者にとっても、そうなることを願っている。

——ブラウン

過去の言葉を彼に教えなさい。彼が子どもたちの
よい手本となるように。（中略）生まれたときから
賢い者はいないのだから。

──古代エジプト『宰相プタハヘテプの教訓』より

JANUARY

1月

1月1日

We carry
within us
the wonders
we seek
around us.

—Sir Thomas Browne

われわれが探し求めている奇跡は、われわれの内にある。
——サー・トーマス・ブラウン

1月2日

And above all, watch with glittering eyes the whole world around you because the greatest secrets are always hidden in the most unlikely places. Those who don't believe in magic will never find it.

—Roald Dahl

なによりも、キラキラ輝く目でまわりの世界を見ることだ。
だって、すごい秘密というものは、いつだって一番ありそうも
ないところにかくれている。魔法を信じない人には、
けっして見つけられないんだ。
——ロアルド・ダール

1月3日

Three things in human
life are important:
the first is to be kind;
the second is to be
kind; and the third
is to be kind.

—Henry James

人生では3つのことが大事である。1つめは親切にすること。
2つめも親切にすること。そして、3つめも親切にすること。
——ヘンリー・ジェイムズ

1月4日

No man is an island, entire of itself.

—John Donne

人はだれも、孤島^{ことう}ではない。
——ジョン・ダン

1月5日

I yam what
I yam.

——Popeye the Sailor (Elzie Crisler Segar)

おいらは、おいらだ。
——ポパイ（エルジー・クリスラー・シーガー作のコミックの主人公）

1月6日

All you need is love.

—John Lennon and
Paul McCartney

愛こそはすべて。
——ジョン・レノンとポール・マッカートニー

1月7日

なせば成る
なさねば成らぬ何事も
成らぬは人の
なさぬなりけり

――上杉鷹山

1月8日

Somewhere, something incredible is waiting to be known.

——Carl Sagan

どこかで、なにかすばらしいものが、発見されるのを待っている。
——カール・セーガン

1月9日

To be able to look
back upon one's life
in satisfaction, is to
live twice.

—Kahlil Gibran

満ち足りた思いで過去をふりかえることができれば、
人生を2度生きるようなものだ。
——ハリール・ジブラーン

1月10日

If the wind will
not serve, take
to the oars.

—Latin proverb

風がなければ、櫂を取れ。
——ラテン語のことわざ

1月11日

Don't tell me
The SKy's the
Limit When there's
footprints On
The Moon.

—Paul Brandt

空が限界だなどと言わないでくれ。
月を人が歩く時代なのだから。
——ポール・ブラント

１月１２日

How wonderful it
is that nobody need
wait a single moment
before starting to
improve the world.

——Anne Frank

なんてすばらしいことでしょう。世界をよりよくするための行動を
起こすのに、だれも、一瞬たりとも待つ必要がないのです。
——アンネ・フランク

1月13日

However long the night ... the dawn will break.

—African proverb

どんなに長い夜にも、夜明けは必ずやってくる。
——アフリカのことわざ

1月14日

He who knows
others is clever,
but he who knows
himself is
enlightened.

——Lao Tzu

人を知る者は智なり、自らを知る者は明なり。
——老子

1月15日

the
best
way to
make
your

dreams come true is to wake up.

—Paul Valéry

夢を実現するための一番の方法は、目をさますこと。

——ポール・ヴァレリー

1月16日

Just be who you want to be, not what others want to see.

——Unknown

自分がなりたい人になりなさい。他人が望む人ではなくて。

——出典不明

1月17日

——J.R.R. Tolkien

さまよう人のすべてが、道に迷っているわけではない。
——J・R・R・トールキン

1月18日

Make kindness your
daily modus operandi and
change your world.

——Annie Lennox

親切を日々の習慣にし、世界を変えましょう。
——アニー・レノックス

1月19日

You are braver than you believe, stronger than you seem, and smarter than you think.

—Christopher Robin (A. A. Milne)

ねえ、きみは自分で思っているより、勇敢で、
見ためよりも強く、頭がいいんだよ。
——クリストファー・ロビン（A・A・ミルン作『クマのプーさん』の登場人物）

1月20日

Have you
had a
kindness
shown?
Pass it on.

—Henry Burton

親切にされたことがある？　同じことを人にしてあげるといい。
——ヘンリー・バートン

1月21日

Don't dream it, be it.

——The Rocky Horror Picture Show

夢見てるんじゃダメ。夢になりなさい！
——映画『ロッキー・ホラー・ショー』より

1月22日

The miracle
is not to fly in
the air, or
to walk on the
water, but
to walk on the
earth.

——Thich Nhat Hanh

奇跡とは空を飛ぶことではなく、水のなかを歩くことでもない。
大地を歩くことだ。

——ティク・ナット・ハン

1月23日

聞くは一時の恥、

聞かぬは一生の恥

——日本のことわざ

1月24日

To thine own self be true.

—William Shakespeare

自分自身に誠実であれ。
——ウィリアム・シェイクスピア

1月25日

No act of kindness, no matter how small, is ever wasted.

—Aesop

親切は、どんなに小さくても、無駄ではない。
——イソップ

1月26日

Be yourself,
Everyone Else is
already taken.

——Oscar Wilde

自分自身であれ。ほかのだれかはもう、取られてしまっている。
——オスカー・ワイルド

1月27日

Wherever there is a human being there is an opportunity for a kindness.

—Seneca

人がいるところには必ず、親切をほどこす機会がある。
——ルキウス・アンナエウス・セネカ

1月28日

Know thyself.

—Inscription at the Oracle of Delphi

汝自身を知れ。
——デルフォイにあるアポロン神殿にきざまれた言葉

1月29日

Laughter is sunshine; it chases winter from the human face.

—Victor Hugo

笑い声は陽の光。人びとの表情から冬を追いはらってくれる。

——ヴィクトル・ユーゴー

1月30日

The future
belongs to those
who believe in
the beauty of
their dreams.

—Eleanor Roosevelt

未来は、夢の美しさを信じる人のためにある。
——エレノア・ルーズベルト

1月31日

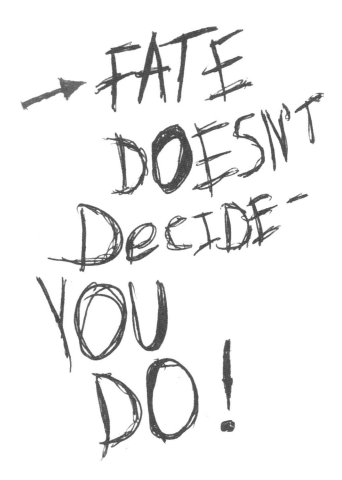

——Dominic

運命は決めない。決めるのは自分!
——ドミニク

砂場の道徳

　大事なことを話そう。つまり、こういうことだ。みんなは小さいころ、行儀よくするようにと、ずいぶん時間をかけてお父さんやお母さんから教えられたことだろう。世間が礼儀正しい人のほうを好むのは、客観的に証明できる事実だ。だから、大人は子どもに言う。「ていねいに話しなさい。仲良く遊びなさい。ありがとうを言いなさい」。基本的な道徳だ。教えておいたほうがよいことだから教える。そして、きみたちが人に好かれてほしいと思う。

　ところが、きみたちが中等部に入るころになると、優先度が変わってくる。「学校の勉強をがんばりなさい。いい成績をとりなさい。もっと勉強しなさい。宿題は終わったの？」こういうことばかり、しつこく言いがちになる。いつのまにか、基本的な道徳を教えることに力を入れなくなってしまう。この年になれば、もうわかっているだろうと思ってしまうからかもしれない。もしくは、ほかに学んでもらいたいことがいっぱいあるせいかもしれない。あるいはもしかしたら、この年齢の子どもたちについては、ひとつ暗黙の了解があるのではなかろうか。親切になりづらい、むずかしい年ごろだと。礼儀正しい子どもは世間に好かれるが、同じ年ごろのほかの子たちにはあまり歓迎されないようだ。そして大人たちのほうは、とにかく子どもたちに、心にひそむ野生から殺りくに手を染める少年たちをえがいた小説『蠅の王』のようなむごい時代を、早く通りぬけてほしいと願うあまり、子どもたちのあいだで意地悪があたりまえのようにまかり通っているのを、つい見て見ぬふりしがちになる。

　ぼくはこの、「すべての子が他人に意地悪な時期を経て成長する」

という考え方を受け入れない。ほんとうに、ひどいでたらめで、まるで子どもたちへの侮辱ではないか。ときに、自分の子どもがほかの子にひどいことをしたというのに、こんなふうに正当化してくる親がいる。「しょうがないですよ。子どもはそういうものなんですから」。そんな親の頭は、フレンドシップ・ブレスレット——子どもたちが、友情のしるしに手作りしてはめているものだ——で、たたいてやりたくなる。

　さて、ここからが重要だ。申し訳ないが、きみたちはまだ、いつも自分だけで物事を考えて進めていけるところまで成長していない。自分がどんなふうになりたいのか、だれが友だちなのか、だれが友だちじゃないのか、そんな問題を解決しようとしているうちに、する必要のない意地悪をしてしまうときが、けっこうあるものだ。最近、大人はずいぶん時間をかけて学校でのいじめについて話しているが、本気で話し合うべきなのは、ある子がほかの生徒の顔にジュースをひっかけたというような、かんたんに目に見えるものではない。ほんとうの問題は、仲間はずれだったり、残酷なじょうだんだったり、おたがいの接し方だったりする。ぼくは、この目で見てきた。長いこと親友だった2人が仲たがいする。ときには別べつの道を行くだけでは物足りないようで、今までの友だちを完全に無視して、もうつきあっていないと新しい友だちに証明しなくてはならない。この手のことは、ゆるされないことだと思う。もう友だちでないというなら、それはかまわない。けれど、親切なままでいるべきだ。おたがいを尊重しないといけない。こんなことを言って、ぼくはうるさすぎるだろうか？

　いや、そんなことはないはずだ。

　毎日3時10分の下校時間になると、ぼくが教えている5年生の生徒たちが、ビーチャー学園からいっせいに帰っていく。近くに住んでいる子たちは歩いて帰り、あとの子はバスや地下鉄で帰る。いずれにせよ、たくさんの子の保護者やベビーシッターが迎えにくる。そして、

たいがいの親は、子どもたちがどこにいて、だれがいっしょで、なに
をしているのかを知ることなしに、子どもだけで勝手に街をうろつくこと
をゆるさない。なぜだろう？　それは、きみたちが、まだ子どもだから
だ！　だとしたら中等部という、きみたちが来たばかりの未知の領域
でも、まったく案内なしに勝手気ままにうろつくことを認めるべきではな
いだろう。きみたちは、毎日いろいろなことが起こる人間関係のなか
で、うまく切り抜けていかなくてはならない。ランチ・テーブルのかけひき、
仲間からの圧力、教師とのやりとり。もちろん、自分でうまくやっていく
子もいる。けれどもほとんどの子は——正直に言わせてもらうと——じょ
うずにできない。理解と解決に、まだちょっと助けが必要なのだ。

　そういうわけで、生徒諸君、もし大人が手を貸そうとしても怒らない
でくれ。親にしてみれば、手を出しすぎたり、出さなすぎたりしないよ
うにバランスをとるのが、なかなかむずかしいのだ。だから、どうかが
まんしてほしい。助けようとしているだけなのだ。まだきみたちが幼児で、
砂場で遊んでいたときに教えた、あの古い基本的な道徳を、また大
人が言い聞かせようとするかもしれない。中等部に入っても、「仲良く
遊ぶ」というルールは変わらないのだ。毎日思い出しながら学校の廊
下を歩き、大人に成長していかなくてはならない。

　大事な真実は、きみたちの心のなかには、大変気高いものがひそ
んでいるということだ。親や教育者、われわれ大人の役割は、その
気高いものを大切に育て、外に出し、輝かせてやることなのだ。

——ブラウン

FEBRUARY

2月

2月1日

It is better to ask some of the questions than to know all the answers.

—James Thurber

すべての答えを知っているよりも、
いくつかの質問を知っているほうがいい。
——ジェームズ・サーバー

2月2日

I expect to pass through this
world but once.
Any good, therefore,
that I can do or any
kindness I can show
to any fellow creature,
let me do it now.
Let me not defer or
neglect it, for I
shall not pass this
way again.

——Stephen Grellet

わたしはこの世界で1度しか生きることがない。
だから、わたしにできる善行、人びとにできる親切を今しよう。
先送りしたり、やりそこねたりしないように。
もう1度この道を通ることはないのだから。
——スティーブン・グレレット

2月3日

The supreme happiness
of life is the conviction
that we are loved.

——Victor Hugo

人生で最高の幸せは、愛されているという確信だ。
——ヴィクトル・ユーゴー

2月4日

Love
a little
more
each day.

——Madison

毎日、前の日よりもうちょっと愛しましょう。
——マジソン

2月5日

Give me a firm place to stand, and I will move the earth.

—Archimedes

われに支点をあたえよ。されば地球をも動かさん。

——アルキメデス

2月6日

みんなちがって、
みんないい。

――金子みすゞ

2月7日

If you ever feel lost, let your  be your compass.

———Emily

迷ったら、心をコンパスにすればいい。
———エミリー

2月8日

Everything
you can
imagine
is real.

——Pablo Picasso

想像できるものは、すべて本物だ。
——パブロ・ピカソ

2月9日

If thou follow thy star, thou canst not fail of glorious haven.

—Dante Alighieri

きみ自身の星にしたがえば、必ずや栄光の港に着くであろう。
——ダンテ・アリギエーリ

2月10日

Find Your GREATNESS

——Rebecca

自分自身のすばらしさを見つけなさい。
——レベッカ

2月11日

天は人の上に人を造らず、

人の下に人を造らず

——福沢諭吉

2月12日

Man can learn nothing unless he proceeds from the known to the unknown.

—Claude Bernard

既知の世界から未知の世界へ進まなければ、
人はなにも学べない。
——クロード・ベルナール

2月13日

Be-YOU-tiful!

——Lindsay

自分であることは、美しい！
——リンジー

2月14日

To be loved,
be lovable.

——Ovid

愛されたければ、愛される人になろう。
——オウィディウス

2月15日

The smile is the shortest distance between two persons.

——Victor Borge

笑顔は2人の距離を縮める。
——ヴィクター・ボーグ

2月16日

Those who try to do
something and Fail
are infinitely better
than those who try
to do nothing and
Succeed.

—Lloyd Jones

なにかをやってみて失敗した人は、なにもしないで
成功した人よりも、かぎりなくすばらしい。

——ロイド・ジョーンズ

2月17日

Every time the sun rises,

A NEW HOPE Begins…

―― Jack

> 日が昇(のぼ)るたび、新しい希望が生まれる。
> ――ジャック

2月18日

The main thing is
to be moved, to love,
to hope, to tremble,
to live.

—Auguste Rodin

大切なのは、感動し、愛し、希望を持ち、うちふるえ、
生きることだ。

——オーギュスト・ロダン

2月19日

The greatest
glory in living
lies not in
never falling,
but in rising
every time
we fall.

——Nelson Mandela

人生においてもっとも光栄なのは、けっして転ばないこと
ではない。転んでも、そのたびに起きあがることだ。
——ネルソン・マンデラ

2月20日

心に
夢のタマゴを
持とう

──小柴昌俊

2月21日

Don't tell me not to fly, I've simply got to.

—Bob Merrill and Jule Styne,
"Don't Rain on My Parade"

空を飛ぶなと言わないで。ただ飛ばなきゃいられないの。
——ボブ・メリルとジューリー・スタイン（『パレードに雨を降らせないで』より）

2月22日

Kindly words
do not enter
so deeply into
men as a
reputation
for kindness.

—Mencius

口先だけ親切を語る人よりも、
親切を行動にうつす人のほうが敬愛される。
——孟子

2月23日

Hard work beats talent when talent doesn't work hard ☺

——Shreya

努力は才能を負かしてしまう。才能が努力しなければ。

——シュレヤ

２月２４日

Keep a green tree in your heart
and a singing bird may come.

——Chinese proverb

緑の木を育てれば、さえずる鳥がやってくる。
——中国のことわざ

2月25日

They are never alone that are accompanied with noble thoughts.

—Philip Sidney

高貴な考えを持つ者は、けっして孤独ではない。
——フィリップ・シドニー

2月26日

他人が笑おうが笑うまいが、

自分の歌を歌えばいいんだよ。

——岡本太郎

2月27日

It's not what happens to you, but how you react that matters.

—Epictetus

大事なのは、あなたになにが起きるかではなく、
それに対してあなたがどう反応するかだ。
——エピクテトス

2月28日

For
kindness
begets
kindness
evermore.

——Sophocles

親切が、さらなる親切を生むのだ。
——ソフォクレス

1年で一番長い月

1年のこの時期になると、「新たな発見」についての格言を取りあげたくなる。なぜこの時期なのか？　2月は、一番短い月だけれど、心待ちにする年中行事のない日々が長く続く期間だからだ。1月は、まだ12月の祝日で盛りあがって学校にもどったばかり。いっぱいもらったプレゼントを楽しみ、何度か雪の日に興奮し、そして1月31日ごろになると、ふと気づくんだ。「春休みが来るまで、もう長い休みはない！」そして、げんなり。そんなわけで、2月はつまらない月と言われがちだ。

そんなとき生徒たちに、まだ探求したことのない未踏の辺境について考えさせると、いつもうまくいく。それは、だれも考えたことのない想像の世界、あるいは実際の地理の上での新たな冒険でもいい。前者は、すぐそのまま、ぼくの作文の授業につながる。後者は、ちょうどうまいことに、そのころやっている歴史の授業内容どおり（担当する歴史教師によりちがうが、古代中国か古代ギリシャのどちらかを探検するはずだ）。

つい最近、ジェームズ・サーバーの格言を授業で取りあげた。「すべての答えを知っているよりも、いくつかの質問を知っているほうがいい」。そして、ジャック・ウィルという生徒が、じつにおもしろい作文を書いてきた。

ぼくは、この格言が大大大好きです。この格言は、ぼくの知らないいろんなことについて考えさせてくれます。もしかしたら、この先もぜったいわからないことかもしれません。ぼくは、

やたらしょっちゅう自分に質問しています。ばかばかしい質問もあります。たとえば、なんでウンチは、こんなにくさいんだろう？　どうして人間は、犬みたいにいろんな大きさや形をしていないんだろう？　つまり、例をあげると、セントバーナードはチワワの10倍くらい大きいのに、なぜ人間は身長18メートルの人がいないんだろう？　でも、もっと大きな質問を自分にすることもあります。たとえば、なぜ人は死ななくてはならないんだろう？　なぜ、もっとお札を印刷して貧しい人にあげられないんだろう？　そんなようなことです。

　そして、5年生になってから何度も自分に聞いてきた大きな質問は、これ。なぜぼくたちはみんな、それぞれ自分の外見なんだろう？　なぜ「ふつう」の外見の友だちと、そうでない友だちがいるんだろう？　こういうのは、けっして答えがわからないタイプの質問です。だけど、自分にたずねていたら、もうひとつ別の質問まで自分にたずねるはめになってしまいました。いったいぜんたい、「ふつう」ってなんだろう？

　それで、ネットの辞書を使って調べてみたら、こう書いてありました。

ふつう：あたりまえであること。ありふれたものであること。変わっていないこと。月並み。

　そのとき思ったんです。「あたりまえであること」？　「ありふれたものであること」？　「変わっていないこと」？　「月並み」？　おいおい、だれがそんなやつになりたいっていうんだ？　どれもこれも、ダサすぎるって。

　そんなわけで、ぼくは、この格言が大好きです。だって、ま

さにそのとおり！　ばかばかしい問題のくだらない答えをいっぱい知っているよりも、いくつかのすごく意義のある質問をするほうが、ずっといいです。たとえば、くだらない方程式の X の答えなんて、だれが気にするっていうんですか？　ほんと！　そんなの重要じゃないんです。でも、「ふつうってなんだろう？」の質問は重要！　正解がたったひとつだけじゃぜったいないからこそ、重要なんです。そう、まちがった答えもありません。その質問自体がすべてなんです！

　これだから、ぼくは格言を授業で扱うのが好きなんだ。格言を生徒たちに教えると、その次に起こることは見当がつかない。子どもからなにが返ってくるのかわからない。なにが子どもの心を打つのか。そして、なにが子どもを考えこませるのか。教科書の問題を解くときより深く広く生徒が考える。ぼくが格言好きな理由のひとつは、格言が示していることが、たいてい、大昔から人間が向き合ってきたものについて書かれているからだ。ぼくが教えている5年生も同じように悩んで、問題に向き合ってくれるなんて、じつにすばらしい！

――ブラウン

MARCH

3月

3月1日

Kind
words do not
cost much.
Yet they
accomplish
much.

——Blaise Pascal

親切な言葉にお金はかからない。それでいて大きな効果がある。
——ブレーズ・パスカル

3月2日

Never doubt that
a small group of
thoughtful, committed
citizens can change
the world.
Indeed, it's the
only thing that ever has.

——Margaret Mead

思慮深く献身的な市民の小さな集団が世界を変えられることを、
けっして疑ってはならない。じつは、それこそが世界を変える
唯一の力なのだ。

——マーガレット・ミード

3月3日

To me, every hour of
the light and dark
is a miracle,
Every inch
of space is a miracle.

—Walt Whitman

わたしには、光と闇のどの時間も奇跡である。
そして、どの場所もすみずみまで奇跡である。
——ウォルト・ホイットマン

3月4日

なんくるないさ

——沖縄の言葉

※なんくるないさ……沖縄の方言で、「なんとかなるさ」という意味。

3月5日

Superheroes are made but heroes are born.

—Antonio

スーパーヒーローは作られるが、ヒーローは生まれる。
——アントニオ

3月6日

A tree is known by its
fruit; a man by his deeds.
A good deed is never lost;
he who sows courtesy
reaps friendship, and
he who plants kindness
gathers love.

—St. Basil

木は果実により知られ、人は行いにより知られる。
善い行いが失われることはなく、善意の種をまくものは
友人を得、親切の木を植えるものは愛を得る。
——カイサリアのバシレイオス

3月7日

Do not go where the path may lead, go instead where there is no path and leave a trail.

——Ralph Waldo Emerson

道にしたがって行くのではなく、
道のないところを進んで新たな道を残せ。
——ラルフ・ワルド・エマーソン

3月8日

Life is a ticket to
the greatest show
on earth.

——Martin H. Fischer

人生は、地球上でもっとも偉大なショーのチケットだ。
　　——マーティン・H・フィッシャー

3月9日

To know what you know and what you do not know, that is true knowledge.

—Confucius

自分がなにを知り、なにを知らないかを知る。
これこそほんとうの知るということだ。
——孔子

３月１０日

Happiness is not something ready-made. It comes from your own actions.

——Dalai Lama

幸せは、すでにできあがっているものではない。
あなた自身の行動から生まれるのだ。
——ダライ・ラマ１４世

3月11日

Always do right. This will
gratify some people and
astonish the rest.

——Mark Twain

つねに正しいことをしなさい。それで喜ぶ人もいれば、
驚く人もいるだろう。

——マーク・トウェイン

3月12日

That Love is all there is,
Is all we know of Love.

——Emily Dickinson

愛は、ここにあるすべてである。
それが、わたしたちが愛について知るすべてである。
——エミリー・ディキンソン

3月13日

What lies behind us and what lies before us are but tiny matters compared to what lies within us.

―Henry Stanley Haskins

わたしたちの後ろにあるものも、前にあるものも、
わたしたちのなかにあることに比べれば小さなことだ。
――ヘンリー・スタンリー・ハスキンズ

３月１４日

一つのたいまつから
何千人の人が火を取っても、
そのたいまつはもとのとおりであるように、
幸福はいくら分け与えても、
減るということがない。

──仏教伝道協会『仏教聖典』より

3月15日

Paradise on Earth is where I am.

—Voltaire

わたしがいるところ、それが楽園だ。
——ヴォルテール

3月16日

In this world, one needs
to be a little too good in order
to be good enough.

—Pierre Carlet de Chamblain de Marivaux

この世では、少しやさしすぎるくらいでなければ、
じゅうぶんやさしいことにならない。
——ピエール・ド・マリヴォー

3月17日

誠意や真心から出た
言葉や行動は、それ自体が尊く、
相手の心を打つものです。

──松下幸之助

3月18日

Be the person
who can smile
on the
worst day.

—Cate

最悪の日でも、にこっとできる人になろう。
——ケイト

3月19日

Don't just go with the flow, take some dares through the rapids.

—Isabelle

ただ流れに身をまかせないで、急流に挑もう。
——イザベル

3月20日

Where there is love, there is joy.

—Mother Teresa

愛のあるところに、喜びがあるのです。
——マザー・テレサ

3月21日

Hope is like the Sun.

When it's behind the clouds, it's not gone. You just have to find it!

——Matthew

希望は、太陽みたいだ。雲の後ろにかくれていても、なくなったわけじゃない。きみが見つけないといけないだけ。
——マシュー

3月22日

your
best
takes
your
time.

——Thomas

最高の結果を出すには、時間がかかる。
——トーマス

3月23日

What wisdom can you find that is greater than kindness?

—Jean-Jacques Rousseau

親切に勝る知恵があるだろうか？
——ジャン＝ジャック・ルソー

3月24日

The man who moves a mountain must start by moving small stones.

—Chinese proverb

> 山を動かすには、まず石から。
> ——中国のことわざ

3月25日

———Ella

やりたいことはなんだってできる。
必要なのは、できると信じることだけ。
———エラ

3月26日

Be kind whenever possible. It is always possible.

―Dalai Lama

できるときはいつも親切にしなさい。それはいつでもできる。
――ダライ・ラマ14世

3月27日

As soon as you trust yourself,
you will know how to live.

——Johann Wolfgang von Goethe

自分を信じると、生き方が見えてくる。
——ヨハン・ヴォルフガング・フォン・ゲーテ

3月28日

We must dare, dare again, and go on daring!

—Georges Jacques Danton

挑戦し、また挑戦し、挑戦しつづけなければならない。
——ジョルジュ・ジャック・ダントン

3月29日

No bird soars too high if he
soars with his own wings.

—William Blake

自らの羽で飛ぶ鳥に、高く飛びすぎるということはない。
——ウィリアム・ブレイク

3月30日

Life is about using the whole box of crayons.

——RuPaul

人生とは、箱入りクレヨンの全部の色を使うこと。
——ルポール

3月31日

Life is like a rollercoaster...

——Kyler

人生ってジェットコースターみたい。
こんなにあがったり、さがったり。
——カイラー

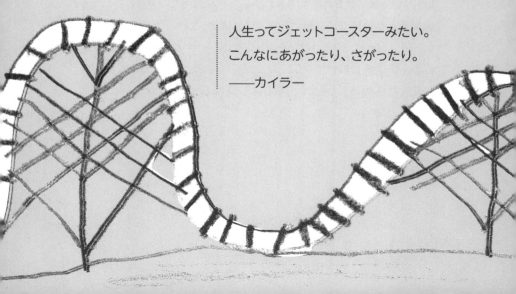

スプーン1ぱいの親切

　息子のトミーが3歳のとき、妻のリリーといっしょにトミーを年に1度の検診に連れていった。そして、トミーの食習慣がどうなのか医者に聞かれた。

　ぼくは正直に言った。「どうも、フライドチキンと炭水化物しか気に入らない時期のようで、最近はもう野菜を食べさせるのはあきらめています。毎晩、悪戦苦闘することになってしまって」

　すると、医者はうなずきながら、にこっとして言った。「たしかに、無理やり野菜を食べさせることはできませんよね。でも、親の務めは、必ず野菜を皿に乗せること。子どもは、自分の皿にも乗っていないものを食べられませんからね」

　ぼくは、教えるということにあてはめて、このことを何年も考えてきた。ぼくの生徒は、ぼくが教えないことを習えない。親切、思いやり、共感。もちろん学校のカリキュラムには入っていないことだけれど、それでも、生徒みんなの皿に毎日乗せ続けなければならない。生徒たちは食べるかもしれないし、食べないかもしれない。いずれにせよ、ぼくの務めは、皿に乗せ続けてやることなのだ。子どもたちが、今日ちょっと口に入れた親切がおいしくて、明日はもっと味わいたいと思うようになることを願いながら。

――ブラウン

APRIL

4月

4月1日

What is beautiful is good, and who is good will soon be beautiful.

—Sappho

美しきものは善きもので、善き人はじき美しくなる。
——サッフォー

4月2日

'Tis always
morning
somewhere in
the world.

—Richard Henry Horne

いつも世界のどこかで、朝がおとずれている。
——リチャード・ヘンリー・ホーン

4月3日

Knowledge, in truth, is the
great sun in the firmament.
Life and power are scattered
with all its beams.

—Daniel Webster

知識とは、じつは、大空の偉大な太陽のようなものだ。
その命と力は、光とともにあちこちに散らばる。
——ダニエル・ウェブスター

4月4日

Nothing can make our life, or the lives of other people, more beautiful than perpetual kindness.

—Tolstoy

自分の、そして他人の人生を一番美しくするのは、絶え間ない親切だ。

——トルストイ

4月5日

——Delaney

自分に正直に生きよう。
——ディレイニー

4月6日

*If we could change ourselves,
the tendencies in the world
would also change.*

——Mahatma Gandhi

われわれが自分自身を変えれば、世界も変わっていくだろう。
——マハトマ・ガンジー

４月７日

Life can only be understood
backwards; but it must be
lived forwards.

——Søren Kierkegaard

人生は後ろ向きにしか理解できないが、
前向きに生きなくてはならない。
——セーレン・キルケゴール

4月8日

Heaven is under our feet as well as over our heads.

—Henry David Thoreau

天国は、わたしたちの頭の上だけではなく、足の下にもある。
——ヘンリー・デイヴィッド・ソロー

4月9日

Be noble! and the nobleness that lies
In other men, sleeping but never dead,
Will rise in majesty to meet thine own.

—James Russell Lowell

高潔であれ。そうすれば、他人の内にある、眠っているが
死んでいない高潔さは、威厳を持って目ざめ、
自身の高潔さに向き合うだろう。

——ジェイムズ・ラッセル・ローウェル

4月10日

He was a bold man that first ate an oyster.

——Jonathan Swift

最初に牡蠣を食べた人は、勇気がある。
——ジョナサン・スウィフト

４月１１日

It's not whether
you get knocked down,
it's whether you get up.

—Vince Lombardi

大事なのは打ち負かされたかどうかではない。
起きあがったかどうかだ。
——ヴィンス・ロンバルディ

4月12日

The world is good-natured
to people who are
good-natured.

──William Makepeace Thackeray

世界は、やさしい人にやさしい。
──ウィリアム・メイクピース・サッカレー

4月13日

The
Universe
is What
You ⭐
illustrate
it to be.

——Rory

世界は、きみがこうだと説明するとおりのもの。
——ローリー

4月14日

The difference
between ordinary
and extraordinary
is that little extra.

—Jimmy Johnson

平凡と非凡のちがいは、ほんの少しの「プラスアルファ」だ。
——ジミー・ジョンソン

4月15日

I am only one,

But still I am one.

I cannot do everything,

But still I can do something;

And because I cannot do everything,

I will not refuse to do the something that I can do.

—Edward Everett Hale

わたしはただの1人の人間。でも、わたしはこの世に1人だけ。
わたしはなんでもできやしない。それでも、わたしはなにかが
できる。なんでもできるわけではないからこそ、わたしは、
自分ができるなにかを拒まない。
——エドワード・エベレット・ヘール

4月16日

You can complain because roses have thorns, or you can be grateful because thorn bushes have roses.

——Ziggy (Tom Wilson)

バラにはトゲがあると文句を言うこともできるし、
トゲのある木にバラが咲いていると喜ぶこともできる。

——ジギー（トム・ウィルソン作のコミックの主人公）

4月17日

Use what talent you possess: the woods would be very silent if no birds sang except those that sang best.

——Henry van Dyke

あなたが持っている才能(さいのう)を使いなさい。一番上手な鳥しか歌わないのでは、森は静まりかえってしまう。
——ヘンリー・ヴァン・ダイク

4月18日

The goal of life is to make
your heartbeat match the
beat of the universe, to match
your nature with Nature.

——Joseph Campbell

人生のゴールは、心臓の鼓動と宇宙の鼓動を一致させ、
自分と自然を一致させること。

——ジョーゼフ・キャンベル

4月19日

Even the toughest Dogs can be afraid of vacuums.

——Anna

一番タフな犬だって、掃除機をこわがる。
——アナ

4月20日

Do a deed of
simple kindness;
though its end
you may not see,
it may reach, like
widening
ripples, down a
long eternity.

—Joseph Norris

かざらない親切をしなさい。たとえ結果が見られなくても、
その親切はさざ波のように広がり、永遠のものと
なるかもしれない。
——ジョーゼフ・ノリス

4月21日

渡る世間に
鬼はない

——日本のことわざ

４月２２日

Ideals are like stars; you will not
succeed in touching them with your
hands. But like the seafaring man
on the desert of waters, you choose
them as your guides, and following
them you will reach your destiny.

——Carl Schurz

理想とは星のようなもの。手でふれることはできない。
けれども、大海原の船乗りが星を目印にして航海するように、
理想を目印にして進んでいけば、きっと自分の運命に
たどりつくだろう。
——カール・シュルツ

4月23日

You don't
live in a
world all
alone.

Your
brothers
are here,
too.

—Albert Schweitzer

きみは世界にただ1人で生きているわけではない。
きみの仲間もここにいる。
——アルベルト・シュヴァイツァー

4月24日

人を信じよ、しかし
その百倍も自らを信じよ。

――手塚治虫

4月25日

Today I have grown taller from walking with the trees.

—Karle Wilson Baker

今日、木々とともに歩くことで、わたしは背が伸びた。
——カール・ウィルソン・ベーカー

4月26日

The great man does not think
beforehand of his words that they
may be sincere, nor of his actions
that they may be resolute—he simply
speaks and does what is right.

—Mencius

偉大な人は、言ったことをすべて行うわけではなく、
やりかけたことをぜったい達成するわけでもない。
ただ、正しいことを適宜に行うだけだ。
——孟子

4月27日

Wherever you are it is your own friends who make your world.

——William James

どこにいても、きみの世界を作るのは友だちだ。
——ウィリアム・ジェームズ

4月28日

There are many great deeds done in the small struggles of life.

—Victor Hugo

人生のささやかな闘いのなかで、勇気ある行いが
たくさん成されている。
——ヴィクトル・ユーゴー

4月29日

Don't wait until you know
who you are to get started.

——Austin Kleon

自分のことがわかるまで待たないで、はじめよう。
——オースティン・クレオン

4月30日

To each, his own is
beautiful.

—Latin proverb

みんなそれぞれ、自分のものが美しい。
——ラテン語のことわざ

自分のコマを使う

　ぼくの祖父母は、スクラブルゲームが大好きだった。ほかの人が
いっしょにやろうとやるまいと、2人は毎晩このゲームをしていた。いつ
も同じ、50年前から持っているゲーム盤だ。2人ともじつにうまかっ
たから、いつもなかなかみごとな戦いになった。でもおもしろいことに、
一族のなかでも特に「知的」と言われていた祖父が、たいてい祖母
に負けていた。祖母が祖父に比べてずばぬけて頭がよかったという
わけではない。祖父は名門コロンビア大学を卒業していた。祖父
は弁護士で、祖母は専業主婦だった──家でぼくの母や叔母たち
の育児に専念していたのだ。祖父は書斎でたくさんの本にかこまれ、
一方、祖母はクロスワード・パズルをするのが好きだった。祖父は
負けず嫌いだったのに、50年以上ものあいだ、十中八九、祖母に
惨敗し続けた。

　あるとき祖母に、勝つ秘訣を聞いてみたら、「単純だよ。ただ自
分のコマを使うこと」と言われた。

　「おばあちゃん、もうちょっと説明してくれないと、わからないよ」ぼく
は言った。

　「わたしがいつもおじいちゃんに勝てるのは、おじいちゃんがコマを
溜めこむせいだよ。おじいちゃんはいい文字のコマを手に入れると、
点が3倍になるマスを使えるまで、ずっと持っている。50点のボーナ
スがもらえる7文字の単語を作ろうと、自分の番をパスする。あと、もっ
といい文字が来ないかと思って、コマの交換をする。だから、だめ
なわけ！」

「おじいちゃんの作戦なんだよ」ぼくは、祖父をかばおうとした。

　祖母は、聞いていられないとでもいうように手を振って言った。「わたしは、ただ自分のコマを使うだけ。なんのコマが来てもだよ。いい文字か、よくない文字かなんて、かまわない。点が3倍になるマスかどうかも、かまわない。どんな文字のコマが来ても、それを使う。できるかぎり使ってしまう。だから、いつもおじいちゃんに勝つんだよ」

　「おじいちゃんは知ってるの？　その秘密をおじいちゃんに教えてあげた？」

　「秘密？　おじいちゃんは、わたしのやり方を50年間毎晩見てきたんだよ。秘密もなにもないってもの。手に入れたコマを使う！　それだけなんだから」

　そのあと、ぼくは祖父に聞いてみた。「おじいちゃん、おばあちゃんが言ってたんだけど、スクラブルでおばあちゃんばかり勝つのは、おばあちゃんがいつも自分のコマを使うのに、おじいちゃんは溜めこむからだって。おじいちゃん、少しやり方を変えてみたらどう？　もっと勝てるかもよ」

　祖父は、ぼくの胸を指でつつくと、こう答えた。「それが、おばあちゃんとわたしのちがいだよ。わたしは、美しい勝ち方でしか、勝ちたくない。得点の多い長い言葉や、だれも知らないような言葉を使ってな。それが、わたしだ。おばあちゃんは、文字をつなげてとにかく勝てばいい。『みんなそれぞれ、自分のものが美しい』って、古いことわざがあるのを知ってるかい？」

　「そのとおりかもしれないけど、おばあちゃんに負けてばかりだよ！」

　祖父は笑った。「みんなそれぞれ、自分のものが美しい！」

——ブラウン

MAY

5月

5月1日

Play the tiles
you get.

——Grandma Nelly

手に入れたコマを使う。
——ネリーおばあちゃん

５月２日

Do all the good you can,
By all the means you can,
In all the ways you can,
In all the places you can,
At all the times you can,
To all the people you can,
As long as you ever can.

——John Wesley

君ができるすべての善を行え、君ができるすべての手段で、君ができるすべての方法で、君ができるすべての場所で、君ができるすべてのときに、君ができるすべての人に、君ができるかぎり。
——ジョン・ウェスレー

5月3日

There is nothing
stronger in the world
than gentleness.

——Han Suyin

やさしさほど強いものは、この世にない。
——ハン・スーイン

5月4日

A single act of kindness throws
out roots in all directions, and
the roots spring up and make
new trees.

――Father Faber

ひとつの親切な行いは、あらゆる方向に根を伸ばし、
その根から芽が出て、新しい木になる。
　　――ファーバー神父

5月5日

Winners never quit and quitters never win

——Vince Lombardi

勝者はけっしてあきらめず、あきらめた人はけっして勝てない。
——ヴィンス・ロンバルディ

5月6日

Cherish that which is
within you.

——Chuang Tzu

自分の内にあるものを大事にしなさい。
——荘子

5月7日

Follow your dreams.
It may be a long
journey, but the
path is right in
front of you.

——Grace

自分の夢を追ってみよう。長い旅かもしれないけれど、
その道はすぐ目の前にある。
——グレース

5月8日

It's not the load that
breaks you down.
It's the way you carry it.

——C. S. Lewis

重荷があなたをくじけさせるのではない。
運び方がいけないのだ。
——C・S・ルイス

5月9日

Though we travel the
world over to find the
beautiful, we must
carry it with us or we
find it not.

—Ralph Waldo Emerson

美しいものを求めて世界中を旅しても、自らが美しいものを
持っていなければ、見つけられない。
——ラルフ・ワルド・エマーソン

5月10日

The breeze at dawn has
secrets to tell you.
Don't go back to sleep.

——Rumi

夜明けのそよ風は、秘密を運んでくる。眠りにもどるな。
　　——ジャラール・ウッディーン・ルーミー

5月11日

IF PLAN "A" DOESN'T
WORK, JUST REMEMBER:
THE ALPHABET HAS
25 MORE LETTERS.

——Unknown

計画 "A" がうまく行かないときのため、覚えておくといい。
アルファベットはあと25文字あるってことを。

——出典不明

5月12日

The world does not
know how much it
owes to the common
kindnesses which so
abound everywhere.

—J. R. Miller

どこにでもある親切がどれだけ世界に尽くしているのか、
世界は気づいていない。
——J・R・ミラー

5月13日

The best and most
beautiful things in
the world cannot be seen
or even touched.
They must be felt with
the heart.

——Helen Keller

世界でもっともすばらしく美しいものは、
目で見たり、手でふれたりすることはできません。
心で感じなければならないのです。
——ヘレン・ケラー

５月１４日

You were
born An
original.
don't
become
a copy.

——Dustin

きみは、ただ１人のきみとして生まれてきた。
だれかのコピーになるな。
——ダスティン

5月15日

FIND THINGS THAT SHINE AND MOVE TOWARD THEM.

——Mia Farrow

輝くものを見つけ、それに向かって進むのよ。

——ミア・ファロー

5月16日

If you want to be well-liked, you got to be yourself.

——Gavin

人から好かれたいと思ったら、自分らしくしないといけない。
——ギャビン

5月17日

If your ship doesn't come in, swim out to it.

——Jonathan Winters

船のほうからやってこなければ、それに向かって泳ぎだせ。
——ジョナサン・ウィンタース

5月18日

All we are saying is give peace a chance.

——John Lennon

ぼくらが言っているのは、平和にチャンスをあたえてくれ、
ということだけだ。
——ジョン・レノン

5月19日

The purpose of life is a
life of purpose.

——Robert Byrne

人生の目的は、目的のある人生だ。
——ロバート・バーン

5月20日

Believe
in life!

——W.E.B. Du Bois

人生を信じるんだ！
——W・E・B・デュボイス

5月21日

You're free to make your own choices, but you will never be free of the CONSEQUENCES of your choices.

——Srishti

選ぶことは自由。けれど自分が選んだことの結果から自由になることはない。

——スリシュティ

5月22日

Making a million friends is not
a miracle . . . the miracle is to
make such a friend who can
stand with you when millions
are against you.

—Unknown

100万人の友だちを作るのは奇跡じゃない。
奇跡とは、100万人を敵にまわしたときに味方してくれる、
たった1人の友だちを作ることだ。
——出典不明

5月23日

Have I done an unselfish thing?
Well then, I have my reward.

——Marcus Aurelius

わたしは、自己本位でないことを成したか？
それなら、褒美をもらおう。

——マルクス・アウレリウス・アントニヌス

５月２４日

The wind is blowing.
Adore the wind!

——Pythagoras

風が吹いている。風をありがたく思いなさい。
——ピタゴラス

5月25日

The chief happiness for a man is to be what he is.

——Desiderius Erasmus

人にとって大きな幸せは、自分が自分自身であることだ。
——デジデリウス・エラスムス

5月26日

A single conversation
across the table with a
wise man is better than
ten years study of books.

—Chinese proverb

賢人と話をするのは、10年間の書物からの勉強に勝る。
——中国のことわざ

5月27日

Your actions are all
you can own.

——Flynn

あなたが手にできるのは、あなたの行動のみ。
——フリン

5月28日

Just love life
and it will love
you back

——Madeline

人生を愛せば、人生があなたを愛してくれる。
——マデリン

5月29日

好きなことを何でもいいから一つ、
井戸を掘るつもりで、とことんやるといいよ。

——白洲正子

5月30日

Is it so small a thing
To have enjoyed the sun,
To have lived light
in the spring,
To have loved, to have
thought, to have done;
To have advanced true
friends, and beat
down baffling foes?

——Matthew Arnold

そんなに小さなことだろうか？　太陽を楽しみ、
春の光のなかで生き、愛し、思いをめぐらせ、行動したことが。
親友が進むのを助け、手ごわい敵を負かしたことが。
——マシュー・アーノルド

5月31日

*a multitude
of small
delights constitute
happiness.*

——Charles Baudelaire

小さな喜びの積み重ねが、幸福である。
——シャルル・ボードレール

きみの行動は見られている

　ときどき、きみたちのことはちゃんと見ているぞ、と生徒に言ってやらなくてはならない。「あきれ顔をしているのが見えたぞ！」などとね。すると、たいてい生徒たちは笑う。まず、ほとんどの場合はだ。けれどもついこの前の夜、実際のところ、子どもたちは自分の行動が見られていることをかんたんに忘れてしまうのだと、改めて気がついた。

　ぼくはビーチャー学園高等部の演劇公演を観るため、以前教えた生徒の母親のとなりにすわっていた。仮に、その生徒の名前をブリアナとしておこう。やさしく頭のいい女子生徒だったが、中等部のときは、意地悪な女子生徒からいやな目にあわされたことがあった。内気で、やや引っこみ思案な子だった。だから、劇の主役を務めるとお母さんから聞いたときにはびっくりした。お母さんがどれだけ誇らしげだったことか！　お母さんの話によると、ブリアナは高等部に入ってから、歌や演技の才能を認められたせいもあり、自分の殻を打ちやぶったらしい。

　劇がはじまり、ブリアナが舞台に出たとたん、お母さんの言った意味がよくわかった。ぼくの記憶にある、5年生のとき引っこみ思案だった女の子は消え去り、自信に満ちて主役を演じる若い女性があらわれたのだ。若き日のニコール・キッドマンと見まちがえてしまいそうだった。「よかったな、ブリアナ！」ぼくは心のなかで、そう思った。ところが、ブリアナが最初の一節を歌い終えるか終えないかというときに、ぼくは、2列前の席に、中等部でブリアナをいじめていた3人の女の子たちがいるのに気がついた。3人とも、もうビーチャー学園の生徒ではない（いじめに厳しく対処する学園の方針で、高等部への入学が許可され

なかったのだ)。この子たちは、舞台の上のブリアナを見てクスクス笑った。そのうえ、口を押さえて、なにやらささやきあっている。だれかに見られているとは思いもしないのだろう。でも、ブリアナのお母さんがすっかり見ているのに、ぼくは気づいていた。そのときのお母さんの表情は言葉ではあらわせない。じつに気の毒だった。

　ぼくは、ブリアナがソロの部分を歌い終えるのを待った。そして、拍手がはじまった瞬間、前の席に身を乗りだし、3人のうちの1人の肩をつついた。その子はふりかえってにこっとしかけたのだけど、ぼくを見るなり、すぐ、ぼくがにらんで「だまれ！」と声を出さずに言ったのに気づいた。ほかの2人も見ていた。

　どうやらかなりショックを受けたようだった。前に教わっていたときはおだやかだった国語のブラウン先生が、それまで使わなかった言葉で怒ったのだから、当然だろう。思ったとおりの効果があったようで、3人ともすっかり静かになり、第1幕が終わるまで物音ひとつたてなかった。そして、休憩時間に帰ったようで、第2幕にはもどってこなかった。

　劇が終わり、割れるような拍手喝采がわきあがったとき、ぼくはブリアナのみごとな出来をほめたたえようと、お母さんのほうを向いた。お母さんはにこにこしていたけれど、目に涙を浮かべていた。喜びの涙だったのか、それとも、完璧にすばらしかったはずの夜が、あの女の子たちに損なわれたくやしさの涙だったのか、わからない。ただ、その夜の彼女たちの愚かな行動は、ぼくの目に焼きついてしまった。もちろん、あの子たちは、ブリアナのお母さんにわざわざ見せるつもりではなかっただろう。だが、そんなことは関係ない。きみの行動は見られている。そして、記憶されるのだ。

——ブラウン

JUNE

6月

6月1日

Just follow the day and reach for the sun!

—The Polyphonic Spree

今をただ生きろ。太陽をつかめ！
——ポリフォニック・スプリー

6月2日

Ignorance is not
saying, I don't know.
Ignorance is saying,
I don't want to know.

—Unknown

無知とは、知らないことではない。
無知とは、知りたくないということである。
——出典不明

6月3日

Start by doing
the necessary,
then the possible,
and suddenly
you are doing
the impossible.

——St. Francis of Assisi

必要なことからはじめ、できることを行いなさい。
そうすれば、あるとき急に、できないと思っていたことを
行っている自分に気づく。
——アッシジの聖フランシスコ

6月4日

Don't worry about a thing
'cause every little thing is
gonna be all right.

——Bob Marley

心配するな。なにもかもうまくいくから。
——ボブ・マーリー

6月5日

A bit of fragrance clings to the hand that gives flowers.

——Chinese proverb

バラを贈れば、手に香りが残る。
——中国のことわざ

6月6日

Follow every rainbow, Till you find your dream.

—Rodgers and Hammerstein

すべての虹を追え。あなたの夢を見つけるまで。
——ロジャース＆ハマースタイン

6月7日

Life moves forward. If
you keep looking back,
you won't be able to see
where you're going.

——Charles Carroll

人生は前へ進んでいく。ふりかえってばかりいては、
行き先を見ることができない。
——チャールズ・キャロル

6月8日

The only person
you are destined to
become is the person
you decide to be.

—Ralph Waldo Emerson

あなたがなるに決まっている唯一(ゆいいつ)の人間は、
あなたがなろうと決めた人間である。
——ラルフ・ワルド・エマーソン

6月9日

One of the secrets of life is that all that is really worth the doing is what we do for others.

—Lewis Carroll

人生における重要な秘訣のひとつ。人のための行いにこそ、価値がある。

——ルイス・キャロル

6月10日

Whether you believe you
can or believe you can't,
you are absolutely right.

——Henry Ford

できると信じればでき、できないと信じればできない。
いずれも必ずそのとおりになる。
——ヘンリー・フォード

6月11日

七転び八起き

——日本のことわざ

6月12日

The most beautiful thing
we can experience is
the mysterious. It is the
source of all true art
and science.

—Albert Einstein

わたしたちができるもっとも美しい経験とは、神秘に
出会うことだ。それこそ、真の芸術と科学すべての源だ。
——アルベルト・アインシュタイン

6月13日

Be humble, for you are
made of earth.
Be noble, for you are
made of stars.

—Serbian proverb

謙虚であれ。あなたは大地から生まれたのだから。
高貴であれ。あなたは星から生まれたのだから。

——セルビアのことわざ

6月14日

In a gentle way, you can shake the world.

—Mahatma Gandhi

おだやかな方法で、あなたは世界を揺り動かすことができる。
——マハトマ・ガンジー

6月15日

We do not ask for what useful
purpose the birds do sing, for
song is their pleasure
since they were created for
singing. Similarly, we ought
not to ask why the human
mind troubles to fathom the
secrets of the heavens. . . .

——Johannes Kepler

鳥がなんのためにさえずるのか、わたしたちはたずねやしない。
鳥はさえずるように作られ、さえずることが喜びなのだ。
同じように、人間の精神が、なぜ天の秘密を探ろうと
苦労するのか、理由をたずねるべきではない。
——ヨハネス・ケプラー

6月16日

——Clare

あなたの人生はあなたの物語。書いておきなさい。

——クレア

6月17日

Even if you don't
Win, listen to
the small Voice inside
Of you that says you
are always a winner.

——Josh

たとえ勝てなくても、きみはいつも勝利者だと心のなかの
小さな声が言っているのに、耳をかたむけよう。
——ジョシュ

6月18日

When we know how to read our
own hearts, we acquire wisdom
of the hearts of others.

—Denis Diderot

自分の心の読み方を知ると、他人の心の英知を得る。
——ドゥニ・ディドロ

6月19日

Let me not pray to be sheltered from dangers but to be fearless in facing them.

—Rabindranath Tagore

危険から守りたまえと祈るのでなく、
恐れず危険に立ち向かえるようにと祈ろう。
——ラビンドラナート・タゴール

6月20日

Thank you to life that has
given me so much.
It's given me the strength
of my weary feet,
With which I have walked
through cities and puddles,
Beaches and deserts,
Mountains and plains. . . .

——Violeta Parra

人生よ、ありがとう。こんなにたくさんのものをくれて。
疲れ果てた足に強さをくれた。いくつもの町、水たまり、
海辺、砂漠、山、平原を歩いてきた、わたしの足に……。
——ビオレータ・パラ

6月21日

The greatest danger for
most of us is not that our
aim is too high and we
miss it, but that it is too
low and we reach it.

—Michelangelo Buonarroti

最大の危険は、目標が高すぎてしくじることではなく、
低すぎて達成してしまうことである。
——ミケランジェロ・ブオナローティ

6月22日

He who travels has stories to tell.

—Gaelic proverb

旅する者には語る物語がある。
——ゲール人のことわざ

6月23日

Courage is found in
unlikely places.

—J.R.R. Tolkien

勇気は、思いがけない場所に見出される。
——J・R・R・トールキン

6月24日

Every day, in every way, I'm getting better and better.

—Émile Coué

毎日、あらゆる面で、わたしはよりよくなっている。
——エミール・クーエ

6月25日

Sail the ocean even when others stay on the shore.

—Emma

みんなが岸にいるときも、海を航海しよう。

——エマ

6月26日

LIFE IS NOT COLORFUL. LiFE iS CoLoRiNG

——Paco

人生は色あざやかではない。人生は色を塗っていくこと。

——パコ

6月27日

The true secret of
happiness lies in taking
a genuine interest in all
the details of daily life.

——William Morris

幸福の真の秘訣は、日々の暮らしのすみずみまで、
心から興味を持つことだ。
——ウィリアム・モリス

6月28日

How many things are looked upon as quite impossible until they have actually been effected?

—Gaius Plinius Secundus

どれほど多くのことが不可能とみなされていたことか。
実際に達成されるまでは。

——ガイウス・プリニウス・セクンドゥス

6月29日

Kindness is like snow. It beautifies everything it covers.

—Kahlil Gibran

親切は雪のようだ。おおったものをすべて美しくする。
——ハリール・ジブラーン

６月３０日

Every day
may not
be glorious,
but there's something
glorious in
every day.

Find the glory!

——Caleb

すべての日が輝かしくはないかもしれないけれど、すべての日に
なにか輝かしいことがある。輝きを見つけよう！
——ケイレブ

ぼくらは、星くず！

　ぼくは夏休みに格言の書かれたハガキを受け取るのが、ほんとうに大好きだ。格言だけ書かれたハガキが届くこともあれば、長い手紙のなかに格言が書かれていることもある。たとえば、こんなふうに。

ブラウン先生へ

　わたしの格言です。「だれも傷つけずに中学時代をすごせたら、ホントにイケてるじゃん」。

　先生が最高の夏休みをすごされていますように！　わたしはおかあさんと独立記念日に、モントークにいるオギーたちのところへ行ってきたんですよ！海で花火大会があって、そのうえなんと、オギーの家の屋上に天体望遠鏡がありました！　毎晩屋上へあがって星を見ていました。わたしは大きくなったら天文学者になりたいんだって、先生に言いましたっけ？　星座はみんな覚えているし、星についての科学的事実もいろいろ知っています。たとえば、星はなにでできているか、先生は知っていますか？　教師なんだから知っているかもしれないけれど、多くの人は知りません。星っていうのは、だいたい水素やヘリウムの巨大な雲にすぎません。古くなると縮みはじめ、別の元素を生みだします。そして、すべての元素が小さくなりきると、爆発して宇宙に星くずをばらまくのです。その星くずで、惑星も月も山も作られるわけで、人間だって星くずでできています。すごいですよね。わたしたちがみんな、星くずでできているなんて！

サマー・ドーソンより

　まったく、教師の仕事はやめられない。サマーのような子たちが星に手を伸ばし続けるかぎり、ぼくはいつまでも応援するつもりだ。

——ブラウン

JULY

7月

7月1日

Practice random kindness and senseless acts of beauty.

—Anne Herbert

だれに対しても親切と、見返りのない美徳を行いなさい。
——アン・ハーバート

7月2日

Don't be afraid to take a
big step. You can't cross a
chasm in two small jumps.

—David Lloyd George

大きな1歩を踏みだすことを恐れるな。2度小さく跳んでも、
地面の裂け目を飛び越えることはできない。
——デビッド・ロイド・ジョージ

7月3日

It is always easier to
fight for one's principles
than to live up to them.

——Alfred Adler

自分の信条のために闘うのは、信条にしたがって生きるよりも
容易なものだ。

——アルフレッド・アドラー

7月4日

Great works are performed
not by strength but by
perseverance.

—Samuel Johnson

偉業とは、強さでなく忍耐によって成される。
——サミュエル・ジョンソン

7月5日

Shoot for the moon, because
even if you miss, you'll land
among the stars.

——Les Brown

月をめざせ。たとえ失敗しても、
どこかの星に着陸するだろうから。
——レス・ブラウン

7月6日

Life is not measured by the number of breaths we take, but by the moments that take our breath away.

—Unknown

人生をはかる目盛りは、息をした回数でなく、
息をのんだいくつもの瞬間だ。
——出典不明

7月7日

Greatness lies not in being
strong, but in the right using
of strength.

—Henry Ward Beecher

偉大さは、強さのなかにはない。
正しく強さを使うことのなかにあるのだ。
——ヘンリー・ウォード・ビーチャー

7月8日

Shall we make a new rule
of life from tonight: always to
try to be a little kinder than
is necessary?

——James Matthew Barrie

人生の新しい規則を作ろうか、今夜から。いつも、
必要だと思うより、少しだけ余分に人に親切にしてみよう。
——ジェームス・M・バリー

7月9日

明日、世界が滅びるとしても
今日、あなたはリンゴの木を植える

——開高健

7月10日

There's only one corner
of the universe you can be
certain of improving, and
that's your own self.

—Aldous Huxley

この宇宙には、あなたが改善できるものがひとつだけある。
それは、あなた自身だ。
——オルダス・ハクスリー

7月11日

At the end of the game,
pawns and kings go back
into the same box.

—Italian proverb

チェスのゲームが終われば、ポーンもキングも
みんな同じ箱にもどる。
——イタリアのことわざ

7月12日

——Unknown

この世界では、あなたはただの1人の人間。でも、ある人にとっては、世界そのもの——その人のすべてかもしれない！
——出典不明

7月13日

Each of us has his own alphabet with which to create poetry.

——Irving Stone

人はそれぞれが、詩を作りだす自分の言葉を持っている。
——アーヴィング・ストーン

7月14日

If something stands
to be gained, nothing
will be lost.

—Miguel de Cervantes

なにかを得られるのであれば、なにも失わない。
——ミゲル・デ・セルバンテス

7月15日

Determination is
the wake-up call
to the human will.

―― Anthony Robbins

決意とは、人のやる気を呼びさますもの。
　―― アンソニー・ロビンズ

7月16日

The sun'll come out tomorrow.

——*Annie, The Musical*（Martin Charnin）

明日になれば太陽はのぼる。
——ミュージカル『アニー』より（マーティン・チャーニン作詞）

7月17日

Ride on! Rough-shod
if need be, smooth-shod if
that will do, but ride on!
Ride on over all obstacles,
and win the race!

—Charles Dickens

馬に乗れ！ 必要なら、すべり止めつきの蹄鉄をつけ、
うまくいくのなら、なめらかな蹄鉄をつけて、馬に乗れ！
すべての障害を乗り越えて、レースに勝て！
——チャールズ・ディケンズ

7月18日

「心の窓」はいつでも
できるだけ数をたくさんに、
そうしてできるだけ広く
あけておきたいものだと思う。

——寺田寅彦

7月19日

Tomorrow to
fresh woods, and
pastures new.

—John Milton

明日は新たな森へ、新たな牧場へ。
——ジョン・ミルトン

7月20日

If you want
to learn about
the world
go out in it.

——Mae

世界について学びたいのなら、世界へ飛びだせ。
——メイ

7月21日

You miss
100 percent
of the shots
you don't take.

—Wayne Gretzky

打たないシュートは、100％入らない。
——ウェイン・グレツキー

7月22日

Remember there's
no such thing as a
small act of kindness.
Every act creates a ripple
with no logical end.

—Scott Adams

親切な行いは小さく終わらない。必ず、とどまることのない
さざ波を生みだしていく。
——スコット・アダムス

7月23日

SUCCESS
does not come through grades, degrees or distinctions. It comes through experiences that expand your belief in what is
POSSIBLE

——Matea

成功とは、成績や学位や名声から得るものではない。
成功とは、必ずできると信じて広げていく経験から得るものだ。
——マティア

7月24日

Believe you can and you're halfway there.

——Theodore Roosevelt

できると信じなさい、そうすれば、もう半分は達成している。
——セオドア・ルーズベルト

7月25日

An age is called Dark not
because the light fails to
shine but because people
fail to see it.

——James Michener

ある時代が「暗黒時代」と呼ばれるのは、光が輝けなかった
からではなく、人びとが光を見失ったからである。
——ジェームズ・ミッチェナー

7月26日

There is no wealth but life.

——John Ruskin

命に勝^{まさ}る富はなし。

——ジョン・ラスキン

7月27日

You're never
a loser until
you quit trying.

——Mike Ditka

試みることをやめるまでは、けっして敗者ではない。
——マイク・ディトカ

7月28日

Return to old watering
holes for more than
water; friends and dreams
are there to meet you.

——African proverb

水飲み場へ、水以上のもののためにもどりなさい。
友と夢が、あなたを待っている。
——アフリカのことわざ

7月29日

The beauty of a living thing
is not the atoms that go
into it, but the way those
atoms are put together.

—Carl Sagan

生物の美しさは、生物を構成する原子にあるのではなく、
その原子がいかに組み合わされているかというところにある。
——カール・セーガン

7月30日

——James Matthew Barrie

他人の人生に陽の光をもたらす者は、
おのれ自身にも必ず光をもたらしている。
——ジェームス・M・バリー

7月31日

We must be willing
to let go of the life
we have planned, so
as to have the life
that is waiting for us.

——E. M. Forster

計画した人生は手放さなくてはならない。
われわれを待っている人生を手に入れるために。
——E・M・フォースター

新しいスタート

　ときに人は、驚くべきことをする。その人たちのことをすっかりわかっていたつもりなのに、人の心はほんとうに計り知れないのだと気づくことがある。特に子どもの心はまだ成長中であるから、彼らほど驚かせてくれる存在はないだろう。そして、まさにこれにあてはまることが、受け持っていた生徒とのメールのやりとりで起きたばかりなのだ。この子は5年生の1年間をうまくすごすことができなかった。だいたいは自業自得で、この子が悪い選択をしたせいだ。いわゆるいじめっ子だったのだが、やがて当然ながら、形勢が不利になってしまった。自分のがんこな嫌悪感はみんなも同じだと思っていたのだが、そうではなかったと知り、いつのまにか1人で偏見にとらわれていたと気づいたのだ。

　そのまま終わるような子ではないだろうと思っていた。なぜなら、この子が授業で書いた作文は、しでかしてしまったひどい行いとちがい、さまざまなことを感じる心を見せてくれていたからだ。意地悪ばかりする子がそのような作文を書く子と同じ子どもなのだということを、なかなか納得できなかった。それで、もしやと希望を持っていたのだ。夏休みにこの子からメールをもらったときは、うれしくてたまらなかった。

宛先：tbrowne@beecherschool.edu
差出人：julianalbans@ezmail.com
件名：ぼくの格言

　こんにちは、ブラウン先生！
　たった今、ぼくの格言を先生に郵送したばかりです。「はじめか

らやり直すのも、ときにはいいものだ」。ガーゴイルの絵葉書に書いてあります。9月から別の学校へ行くので、この格言を書きました。

　ぼくはビーチャー学園が大嫌いになってしまいました。生徒たちが好きじゃなかったのです。だけど、先生たちは好きでした。ブラウン先生の授業はすばらしかったです。だから、ぼくがビーチャー学園にもどらないのは、先生のせいだなんて思わないでください。

　先生が事情を全部ご存じか知りませんが、かいつまんで書くと、ぼくがビーチャー学園にもどらないのは……名前はあげませんが、ある生徒と、どうしてもうまくいかなかったからです。正確には、2人の生徒とでした（だれのことだか、先生はたぶんわかるでしょう。1人はぼくの口をなぐったから）。ぼくは、この2人が大嫌いでした。ぼくたちはおたがいに、意地悪なメッセージを紙切れに書きあいました。おたがいにです。こっちもむこうも両方！　なのに、しかられたのは、ぼくだけ！　ぼく1人！　不公平です！　ほんとうのところ、ぼくのママがトゥシュマン先生をクビにさせようとしたから、ぼくが恨まれたんです。早い話、ぼくは、意地悪なことを書いたせいで2週間停学になりました（これはだれも知らないことなので、ほかの人には秘密にしてください）。学校は、いじめをぜったいにゆるさない方針なのだそうです。でも、ぼくがやったのは、いじめじゃないんです！　うちの両親は学校に対してすごく怒って、来年度からぼくを別の学校へ行かせることに決めました。まあ、だいたいは、そんなところです。

　ほんとうに、「あの生徒」がビーチャー学園に来なかったらよかったのにと思います！　そうすれば、ぼくのこの1年はずっとましだったはず！　いっしょの授業のときがすごくいやでした。あの生徒のせいで悪夢も見ました。あの生徒がいなかったら、ぼくはずっとビーチャー学園にいられたはずなんです。がっかりです。

先生の授業は大好きでした。あなたは、ほんとうにすばらしい先生です。そのことを伝えたくて、このメールを書きました。

宛先：julianalbans@ezmail.com
差出人：tbrowne@beecherschool.edu
件名：Re: ぼくの格言

こんにちは、ジュリアン。メールをどうもありがとう！　ガーゴイルの絵葉書を楽しみにしているよ。きみがビーチャー学園にもどってこないのは残念だ。きみはすばらしい生徒だし、作文の才能があるからね。

ところで、きみの格言は気に入った。たしかに、はじめからやり直すのも、ときにはいいものだ。新しいスタートというものは、過去をふりかえり、今までの経験をよく考えて、そこから学んだことを未来に役立てるチャンスをくれる。過去をしっかり見つめなければ、そこから学ぶことはできない。

きみが気に入らなかった「2人」がだれのことなのかは、わかっているつもりだ。この1年が楽しくなかったのは残念だが、なぜそうなったのか、少し考えてみるとよいだろう。わたしたちの身に起きることは、悪いことでさえ、たいていなにかしら自分について教えてくれるものだ。なぜその2人と、そんなに苦労することになってしまったのか、考えてみたことがあるかな？　もしかしたら、その2人の友情が気に入らなかったのだろうか？　きみは、オギーの見た目にがまんできなかったのだろうか？　悪夢を見はじめたということだが、自分がオギーをちょっと恐れていたと考えたことがあるかな？　恐れというものは、とても親切な子にも、ふだん言ったりやったりしないことをさせてしまうことがある。そういう気持ちについて、きみは、もっと考えてみるといいかもしれないね。

いずれにせよ、新しい学校でうまくいくよう祈っているよ、ジュリアン。きみは、とてもよい子だ。生まれながらのリーダーだ。そのリーダーシップを、よい行いのために使うようにしてくれ。いいかい？　忘れるなよ。いつも親切を選べ！

トム・ブラウン

宛先：tbrowne@beecherschool.edu
差出人：julianalbans@ezmail.com
件名：Re: Re: ぼくの格言

　ブラウン先生、メールをありがとうございました！　ものすごくうれしかったです！　先生がぼくをわかってくれて、悪い子だと思ってないなんて、ほんとうにありがたいです。みんなに悪魔の子みたいに思われていると感じていたので、先生がそう思っていなくて、安心しました。

　先生のメールを読んでにこにこしていたら、それを見たおばあちゃんが、声に出して読むようにとぼくに言ってきました。おばあちゃんはフランス人で、ぼくは夏休みのあいだパリのおばあちゃんの家にいます。それで、おばあちゃんに読んであげたら、その後、おばあちゃんと長い話をすることになりました。ぼくのおばあちゃんは年を取っているけれど、とても進歩的で頭が切れる人です。それで、なんと言ったと思いますか？　おばあちゃんは完全に先生と同じ意見でした。おばあちゃんも、ぼくがオギーをこわがっていたから、意地悪だったのじゃないかと思うそうです。そして、おばあちゃんといろいろ話していたら、たしかに先生とおばあちゃんの言うとおりのような気がしてきました。ぼくは小さいころ、よく悪夢に悩まされました。悪夢障害だったんです。それが長いあいだ悪夢を見ていなかったのに、トゥシュマン先生の部屋ではじめてオギー

を見てから、また悪夢を見るようになりました。すごくいやでした。学校へ行きたくなかったです。だって、オギーの顔を見たくなかったから。

　オギーがビーチャー学園に来なかったら、きっとぼくの1年はずっとましだったでしょう。でも、オギーの外見はオギーのせいじゃありません。おばあちゃんが、子どものころに友だちだった男の子について、長い話をしてくれました。ほかの子たちがその子に意地悪だったと。とても悲しい気持ちになりました。そして、ぼくがオギーに言ったいろんなことも、ほんとうに悪かったと思うようになりました。

　それでとにかく、オギーに手紙を書きました。オギーの住所を知らないので、先生に送ったら、オギーに郵便で転送してもらえますか？　切手代がいくらかかるのかわかりませんが、ちゃんと払います（心のこもった手紙ですので、ご心配なく！）。

　ブラウン先生、ありがとうございます。ほんとうに、ありがとうございます！

宛先：julianalbans@ezmail.com
差出人：tbrowne@beecherschool.edu
件名：りっぱだ！

　ジュリアン、大きな1歩を踏みだして、きみはとてもりっぱだと心から感心したよ。手紙が届いたら、喜んでオギーに送らせてもらおう（切手代は心配無用）。

　そう、恐れに立ち向かうのは、かんたんじゃない。じつのところ、人間がやらなくてはならない、もっともむずかしいことのひとつだろう。恐れというのは、いつも理屈でなんとかなるものではないからだ。恐れの起源を知っているかい？　まだわれわれの祖先が現在

のような人類になる前、有毒なヘビやクモ、サーベルタイガーや
オオカミがいる危険な世界で生き残るための手段として発達したも
のだ。その本能のおかげで、人間は危険を察知すると体のなかで
アドレナリンが分泌され、より速く走れたり、よりうまく戦えるよう
になる。ジュリアン、これはとても自然な本能だ。恐れは、人間
なら必ず持っているもののひとつなんだ。

　けれども、ぼくたちを人間たらしめるものはほかにもある。恐れ
に対応する能力だ。人は、恐れに向き合ったときに、活用して支
えにできる特性をいくつも持っている。恐れながらも勇気を出す能
力や、過去の失敗から考える能力、感じ取る能力、そして親切
になる能力。こうした力が、恐れに対して働き合って、ぼくたち
をよりよい人間にしてくれる。

　ジュリアン、新しい学年はきみにとってすばらしい1年になるだろ
う。先生にはわかる。信じているぞ！　みんなにチャンスをあげる
ことさえ忘れなければ、きみは大丈夫。幸運を祈る！

　子どもに必要だったのは、自分で気づくための小さな一押しだけと
いうのは、よくあるものだ。ぼくが押したと言いたいのではない。ジュリ
アンの賢いおばあちゃんが押したのだろう。だれもが語るべき物語を
持っている。どの子もみんな、辛抱強く耳をかたむけてくれればいい
のだが。

――ブラウン

AUGUST

8月

8月1日

That is the
beginning of
knowledge—
the discovery of
something we do
not understand.

—Frank Herbert

知識のはじまりとは、理解できないことの発見である。
——フランク・ハーバート

8月2日

Far away in the sunshine are
my highest aspirations.
I may not reach them, but
I can look up and see their
beauty, believe in them, and
try to follow where they lead.

—Louisa May Alcott

陽の光のかなたに、わたしの高い志がある。
達成できないかもしれないが、見上げてその美しさを見つめ、
信じ、その導くところへ進んでいこうとすることはできる。
——ルイーザ・メイ・オルコット

8月3日

Just as there is no loss of basic
energy in the universe, so no
thought or action is without
its effects, present or ultimate,
seen or unseen, felt or unfelt.

—Norman Cousins

エネルギーが宇宙から失われることがないように、
効果のない考えや行動はありえない。今であれ最後であれ、
見えようと見えまいと、感じられても感じられなくても。
——ノーマン・カズンズ

8月4日

I am part of all that I have met.

—Alfred, Lord Tennyson

わたしは、今まで出会ったすべてのものによって成り立っている。
——アルフレッド・テニスン卿

8月5日

古人の跡を求めず
古人のもとめたる所をもとめよ

――松尾芭蕉

8月6日

**Courage doesn't
always roar.
Sometimes
courage is the
quiet voice at the
end of the
day saying,
"I will try
again tomorrow."**

——Mary Anne Radmacher

勇気とは、いつも大きな声をあげるものではない。1日の終わり
に、「明日も試してみよう」と、小さな声を出すときもある。
——メアリー・アン・ラドマチャー

8月7日

The more
I wonder,
the more
I love.

——Alice Walker

不思議だと驚けば驚くほど、好きになる。

——アリス・ウォーカー

8月8日

You can never
cross the ocean
unless you have
the courage
to lose sight of
the shore.

—André Gide

海岸を見失う勇気がなければ、海を渡ることはできない。
——アンドレ・ジッド

8月9日

One of the most essential
prerequisites to happiness is
unbounded tolerance.

—A. C. Fifield

幸せになるには、かぎりない寛容が不可欠である。
——A・C・フィフィールド

8月10日

You don't get harmony when everyone sings the same note.

——Doug Floyd

みんなが同じ音符を歌っていたら、ハーモニーは生まれない。
——ダグ・フロイド

8月11日

ALWAYS BE ON
THE LOOKOUT FOR
THE PRESENCE
OF WONDER.

—E. B. White

いつも奇跡の存在に目を向けなさい。
——E・B・ホワイト

8月12日

Life is not meant to be easy, my
child; but take courage: it can
be delightful.

—George Bernard Shaw

人生は楽なものではないが、勇気をだせば、
すばらしいものになるだろう。
——ジョージ・バーナード・ショー

8月13日

I cannot do all the
good that the world
needs, but the
world needs all the
good that I can do.

—Jana Stanfield

世界が必要とする善のすべてをわたしが行うことはできないが、
わたしが行えるすべての善を世界は必要としている。
——ジャナ・スタンフィールド

8月14日

――Unknown

親切でいつづけよ。
――出典不明

8月15日

人が学問するのは、
本来自由独立である人間が
真に自由独立になるためである。

——三木清

8月16日

The sage has one advantage: He is immortal. If this is not his century, many others will be.

——Baltasar Gracián

賢人には不滅という利点がある。もし今が彼の時代でなくても、多くのほかの時代が彼のものとなろう。
——バルタサル・グラシアン

8月17日

THE THINGS THAT MAKE ME
DIFFERENT ARE THE THINGS
THAT MAKE ME **ME.**

——Piglet (A. A. Milne)

ぼくのほかとちがうところが、ぼくをぼくにしているんだ。
——ピグレット（A・A・ミルン作『クマのプーさん』の登場人物）

8月18日

We measure minds
by their stature; it
would be better to
estimate them by
their beauty.

—Joseph Joubert

われわれは精神をその名声ではかろうとする。
その美しさで推しはかるほうがよいであろう。
——ジョゼフ・ジュベア

8月19日

It always seems impossible until it is done.

—Nelson Mandela

何事も、成すまでは不可能に見えるものだ。
——ネルソン・マンデラ

8月20日

A wise man can
learn more from
a foolish
question than a
fool can learn from
a wise answer.

——Bruce Lee

賢い者は愚かな質問から、愚かな者が賢い答えから学ぶより、
多くを学ぶ。
——ブルース・リー

8月21日

If you want to go quickly,
go alone. If you want to go far,
go together.

——African proverb

急いで行きたければ、1人で行きなさい。
遠くへ行きたければ、だれかとともに行きなさい。
——アフリカのことわざ

8月22日

A
STUMBLE
MAY
PREVENT
A FALL.

——English proverb

つまづきは転倒を防ぐ。
——イギリスのことわざ

８月２３日

人間の一生は
誠にわずかの事なり

好いた事をして暮らすべきなり

——山元常朝

8月24日

Yesternight the sun went hence, And yet is here today.

—John Donne

昨夜、太陽は去ってしまった。でも、今日またここにある。
——ジョン・ダン

8月25日

Kindness, like a boomerang,
always returns.

——Unknown

親切は、ブーメランのように、いつももどってくる。
——出典不明

8月26日

Just keep swimming no matter how hard the current.

——Ava

どんなに流れが強くても、ただ泳ぎ続けよう。
——アヴァ

8月27日

Wisdom is like a baobab tree: No one person can embrace it, but a tribe can.

—African proverb

知恵とはバオバブの木のようだ。だれも1人では
抱きかかえられないが、仲間といっしょならできる。
——アフリカのことわざ

８月２８日

明日は明日の風が吹く

――日本のことわざ

8月29日

A good
name will
shine forever.

——African proverb

よい行いをした人の名前は、永遠に輝く。
——アフリカのことわざ

8月30日

Very little is needed to make a happy life.

—Marcus Aurelius

幸福な人生に必要なのは、ほんのわずかなものだけ。
——マルクス・アウレリウス・アントニヌス

8月31日

Nothing in Nature is unbeautiful.

——Alfred, Lord Tennyson

自然のなかに、美しくないものはない。
——アルフレッド・テニスン卿

ラメ

　親切は人から人へと広がっていく。まるで、ラメが人から人へくっついていくみたいだ。学校の美術の時間にラメを使ったことがあれば、なんのことだかよくわかるだろう。払っても落としきれなくて、いつのまにか次のだれかにくっついていく。数日たっても、光るラメがどこかに残っているものだ。小さなラメをひとつだけ見つけると、ほかのたくさんのラメはどこに消えてしまったのかと思う。どこへ行ったのか？　あんなにたくさんのラメはどうなってしまったのか？

　昨年度、ぼくのクラスに、オーガストという男の子がいた。とても特別な子だった。顔のことを言っているのではない。オーガストの不屈の精神に心打たれたのだ（ぼくも、ぼくのまわりの多くの人たちも）。結局オーガストは、その1年でみんなに大きな影響をあたえ、すばらしい成功をつかんだ。うれしいことだ。もちろん、5年生の1年がハッピーエンドだったから、その後も幸福な人生を送ることができるなどと、あまいことを言うつもりはない。おそらくオーガストはこの先、ほかの人たちよりも多くの挑戦に立ち向かわなくてはならないだろう。けれど、この勝利の年からわかったことがある。オーガストは、人生の挑戦に立ち向かうのに必要なものを、自分のなかに持っている。オギーは豊かな人生をすごすだろう。ぼくはそう思っている。

　そして、先日オーガストからもらったメールを読んで、まさに、まちがいないと確信したところだ。

宛先：tbrowne@beecherschool.edu
差出人：auggiedoggiepullman@email.com
件名：絵ハガキ

　　ブラウン先生、こんにちは！　お久しぶりです！　先生がすてき
な夏休みをすごしていますように！　先月ぼくの格言を先生に送りま
した。届いていればよいのですが。大きな魚の写真のモントーク
の絵ハガキです。

　　ジュリアンの手紙を送ってくれて、どうもありがとうございました。
あんな手紙が来るなんて、びっくりです！　先生から届いた封筒を
開けたとき、なんでもうひとつ封筒が入っているのか、不思議に
思いました。そして、開けたら、見覚えのある手書きの字が目に
入りました。うそだろ、ジュリアンがまた意地悪な紙切れを送って
きたなんて、と思ってしまいました。先生は知らないかもしれませ
んが、5年生のとき、ジュリアンは、すごく意地悪なことを書いた
紙切れをぼくのロッカーに入れたんです。でも、とにかく、今度
の手紙は意地悪な紙切れではありませんでした。おわびの手紙だっ
たんです！　信じられますか？　封がしてあったから、先生は読ま
なかったのでしょうが、手紙にはこう書かれていました。

オギーへ、

　　学校で1年間おれがやったことについて、あやまりたいんだ。そ
のことをずいぶん考えた。オギーのせいじゃない。できることなら、
やり直したい。そしたら、もっとやさしくなれるよ。オギーが80
歳になったときに、おれがどんなに意地悪だったか、覚えていない
といいのだけど。じゃ、元気でな。

　　　　　　　　　　　　　　　　　　　　　　　　　ジュリアン
追伸…もしオギーがあの紙切れのことをトゥシュマン先生に言いつ

けたのなら、心配するな。責めるつもりはないから。

　ぼくはまだ、この手紙に驚いています。で、それはともかく、ジュリアンの推測ははずれで、トゥシュマン先生に言いつけたのは、ぼくじゃありません（そして、サマーでもジャックでもありません）。トゥシュマン先生はほんとうに、偵察用の小型人工衛星でぼくらのすることなすこと、学校中で見張っているのかもしれません。もしかしたら、今の今も、ぼくのことを見ているかも？　トゥシュマン先生、聞こえてますか？　トゥシュマン先生も楽しい夏休みをすごされていますように！　とにかく、人はけっしてわからないものなんだって、つくづく思いました。

宛先：auggiedoggiepullman@email.com
差出人：tbrowne@beecherschool.edu
件名：Re: 絵ハガキ

　こんにちは、オギー（とトゥシュマン先生！　もし聞いていらっしゃるのなら）。ジュリアンとの件が無事落着して、ほんとうによかった。ジュリアンがオギーにしたことは、今さらなにをしても完全につぐなえるものではない。けれど、オギーのおかげでジュリアンが成長できたっていうのは、なかなかすごいことじゃないか。まさにオギーの言うとおり。人はけっしてわからないものだ。じゃあ、来月また、学校で！

宛先：tbrowne@beecherschool.edu
差出人：auggiedoggiepullman@email.com
件名：真相は？

　まったくです。わからないものですね！　あの手紙をお母さんに見せたら、失神しちゃいそうでした。「奇跡は終わることがないの

ね！」と言っていました。それからジャックに教えたら、「その手紙に毒がついてなかったか？」と言われました。ジャックらしいでしょ？ほんとうに、なぜジュリアンがおわびの手紙を書く気になったのか、わかりませんが、うれしかったです。それにしても、まだわからないことがあります。あの紙切れのことをトゥシュマン先生に教えたのはだれなんでしょう？　ブラウン先生ですか？

宛先：auggiedoggiepullman@email.com
差出人：tbrowne@beecherschool.edu
件名：Re: 真相は？

　　ははは、トゥシュマン先生に教えたのは、誓ってぼくじゃない。意地悪な紙切れのこともぜんぜん知らなかった。これは、もしかしたら、永遠のミステリーなのかもしれないぞ！

宛先：tbrowne@beecherschool.edu
差出人：auggiedoggiepullman@email.com
件名：Re: 真相は？

　ラメのたとえにもどろう。いったんラメを容器から出すと、元にもどすことはできない。親切も同じ。いったんある人の心から出たら、元にもどすことはできない。人から人へと伝わり続けていくだけ。きらきら輝く、すばらしいものだ。

――ブラウン

SEPTEMBER

9月

9月1日

When given the choice between being right or being kind, choose kind.

—— Wayne W. Dyer

正しいことをするか、親切なことをするか、
どちらかを選ぶときには、親切を選べ。
——ウェイン・W・ダイアー

9月2日

Begin, be bold, and venture to be wise.

——Horace

はじめるのだ。恐れを知らずに。そして大胆に賢くなれ。
——ホラティウス

9月3日

The wisest men follow their own course.

—Euripides

賢い者は、自分自身の道を進む。
——エウリピデス

9月4日

Life isn't about finding yourself. Life is about creating yourself.

—George Bernard Shaw

人生とは、自分自身を探すことではない。
人生とは、自分自身を作ることだ。
——ジョージ・バーナード・ショー

9月5日

Beauty is not in the
face; beauty is a
light in the heart.

—Kahlil Gibran

美とは、顔にあるものではない。美とは、心のなかの光だ。
——ハリール・ジブラーン

9月6日

The secret of getting things done is to act!

—Dante Alighieri

物事を成す秘訣は、行動すること！
——ダンテ・アリギエーリ

9月7日

Accept what you can't change. Change what you can't accept.

——Unknown

変えられないものは、受け入れなさい。
受け入れられないものは、変えなさい。
——出典不明

9月8日

——Unknown

少しくらい雨が降らなければ、虹は見られない。
——出典不明

9月9日

An act of kindness never dies,
but extends the invisible
undulations of its influence
over the breadth of centuries.

—Father Faber

親切な行いはけっして失われない。何百年にもわたって、
見えない波のように、その影響が続くものである。
　　　　—ファーバー神父

9月10日

If there is no struggle, there is no progress.

—Frederick Douglass

苦闘なくして進歩なし。
——フレデリック・ダグラス

9月11日

Every hour of
the light and DARK
is a miracle.

—Walt Whitman

わたしには、光と闇のどの時間も奇跡である。
——ウォルト・ホイットマン

9月12日

Never hesitate to tell the
truth. And never, ever give
in or give up.

——Bella Abzug

真実を語るのをためらうな。そして、けっして
屈服したりあきらめたりするな。
　　　——ベラ・アブザグ

9月13日

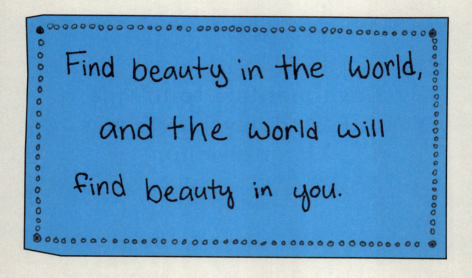

——Zöe

世界に美しいものを見つけよう。世界はきみのなかに
美しいものを見つけるだろう。
——ゾーイ

9月14日

Sometimes rejection in
life is really redirection.

——Tavis Smiley

人生においてなにか拒否されたときというのは、
ほんとうは方向転換のときなのだ。

——タビス・スマイリー

9月15日

I don't believe you have to be
better than everybody else.
I believe you have to be better
than you thought you could be.

—Ken Venturi

わたしは、ほかのだれよりもすぐれていなくては
とは思わない。自分ができると思っていたのより
すぐれていなくてはならないと思っている。
——ケン・ベンチュリ

9月16日

Being nice is being cool !

——Alexis

人にやさしいって、イケてるね！
——アレクシス

9月17日

What is a friend?
A single soul dwelling
in two bodies.

——Aristotle

友情とはなにか？　ふたつの体に宿る、ひとつの魂のことだ。
——アリストテレス

9月18日

Sometimes
the questions
are complicated
but the
answers
are simple.

——Dr. Seuss

ときに質問というものは複雑だが、答えは単純である。

——ドクター・スース

9月19日

You are a conductor of light.

—Arthur Conan Doyle

あなたは光を導きだすのだ。
——アーサー・コナン・ドイル

9月20日

Knowledge is love
and light and vision.

——Helen Keller

知識は愛であり、光であり、見る力である。
——ヘレン・ケラー

9月21日

Strong people don't put others down. They lift them up.

——Michael P. Watson

強い人は他人をけなさず、奮い起こすものだ。
——マイケル・P・ワトソン

9月22日

To him whose elastic and vigorous
thought keeps pace with the sun, the
day is a perpetual morning.

—Henry David Thoreau

太陽にも負けないほどの柔軟で活力に満ちた考え方をする人に
とって、1日は常に朝で、可能性に満ちている。
——ヘンリー・デイヴィッド・ソロー

9月23日

I believe that unarmed truth and unconditional love will have the final word.

——Martin Luther King, Jr.

非武装の真実と無条件の愛こそが、最終的な結論を
くだすにちがいありません。
——キング牧師

9月24日

Treat others
how you
want to be
treated.

——Golden Rule

自分が人にしてもらいたいように、人にしてあげなさい。
——黄金律

9月25日

Nothing
happens unless
first a dream.

—Carl Sandburg

まずは夢がなければ、なにも起こらない。
——カール・サンドバーグ

9月26日

——Riley

最善をつくすことが、自分のできる最善のこと。
——ライリー

9月27日

Come forth into the light
of things. Let Nature be
your teacher.

——William Wordsworth

世の光のなかへ出よ。自然を師になさい。
——ウィリアム・ワーズワース

９月２８日

だれだって、

ほんとうにいいことをしたら、

いちばん幸いなんだねえ。

――宮沢賢治

9月29日

You are
your own
little light,
shine bright
so everyone
can see.

—Elizabeth

あなたは、あなた自身の小さな光。みんなに見えるように輝こう。
——エリザベス

9月30日

There are always flowers
for those who want to
see them.

——Henri Matisse

花を見たい人には、いつも花がある。
——アンリ・マティス

親切を選べ

　よい指導というのは明かりのようなものだと、いつも思っている。もちろん、教師は子どもたちが知らないことも教えるだろうが、多くの場合、子どもたちがすでに知っていることに光を当てるだけなのだ。ぼくが教えている5年生たちの場合も、そういうことが多々起きている。子どもたちは読み方を知っているが、ぼくは読むことを好きになってもらおうとしている。子どもたちは書き方を知っているが、ぼくは子どもたちがもっと自己を表現できるようにしたいと思っている。いずれも、子どもたちはすでに必要な材料を自分たちのなかに持っている。ぼくはただ、ちょっと導き、光を当てるだけだ。照らすのみ。

　そういうわけで、新年度最初の授業はいつも、ウェイン・W・ダイアーの「親切を選べ」という格言を紹介したくなる。みんなはじめて中等部に来たばかり。知らない子だらけの子も多い。この格言は、これから起きることへの先制攻撃みたいなものだと思う。心のなかにちょこっと入れてしまうのだ。ぼくが親切というささやかな概念を植えてやれば、少なくともそこに存在して、みんなのなかに苗が植わっている。根が張るか、花が咲くか、わかりゃしない。だが、いずれにしても、ぼくがやるべきことはやったことになる。

　正しいことをするか、親切なことをするか、

　どちらかを選ぶときには、親切を選べ。

　　　　　　　　　　　　　——ウェイン・W・ダイアー

この格言を教えると、必ず議論が何日も続くことになる。たいてい、まずは格言というものに関する一般的な質問からはじめる。その格言が好きか？　自分の毎日にあてはまるか？　どういう意味だと思うか？

それから、その格言の明らかによい点について話す。もしその言葉をだれもが自分の信条としたら、世の中はよりよいものになるのではないかと、生徒たちにたずねる。もし世界の国ぐにの義務にしたら、紛争が減るのではないだろうか？　すると、賛成する子たちが出てきて、もし多くの国が正しいことより親切を選んだら、世界の飢餓さえなくなるのではなどと発言する。それに対して、ほかの子たちが、豊かであることと、正しいことはまったく関係ないと反論してくる。

こんな質問を子どもたちにすることもある。母親や父親や兄弟と言い合いになり、自分が正しく相手がまちがいだとわかっていたとしよう。そういう言い合いで引きさがるのは、どれだけむずかしいだろうか？　相手を立てるためだけに折れることができるか？　なぜできるか？　なぜできないか？　こうした議論は、たいていすごく盛りあがる。

親切を選ぶのは、単純なことではない。大好きな人、たとえば友だちとの言い争いで引きさがるのは、友だちの感情を傷つけてまで議論に勝っても意味がないからだ。けれども、もしもだれもほかの人が信じないことを自分が信じていたら？　自分が正しいと知っているのが、自分1人だったら？　親切にするためだけに折れるべきだろうか？　もしも自分がガリレオで、太陽のまわりを惑星がまわっているのが正しいと知っていて、世界中の人たちがみな、自分の頭がおかしいと思っていたら、引きさがるだろうか？　もし1950年代に生きていて、人種差別に反対していたら、ただ礼儀正しくするために、意見を取り消すだろうか？　自分の信じることのために行動を起こしたら、ただ親切にするためだけに、取りさげるだろうか？　いや、立ちあがって闘うにちがいない。そうだろう？

こうした議論をしていると、結局この格言はよいものなのかどうか、疑問に思う子が出てくることがある。そういうとき、ぼくはいつも言う。もしかしたら、この格言のなかで一番重要な言葉は、「親切なこと」でも「正しいこと」でもないのではないか。この一文のなかで一番大切な言葉は、「選べ」かもしれない。きみには選ぶことができる。きみはなにを選ぶか？

　生徒諸君、さっき言ったとおり、ぼくの仕事は、きみたちの頭のなかに概念を植えることだ。ほんのはじまり。いったん種を植えたら、ぼくがするのは光を当て続けることだけ。そして、育っていくのを見ている。あっという間に、きみたちが自分の光で輝きだすことだろう。世界が楽しみにしているぞ！

——ブラウン

OCTOBER

10月

10月1日

Your deeds are your monuments.

——Inscription on an Egyptian tomb

あなたの行いは、あなたの記念碑だ。
——エジプト人の墓の碑文

10月2日

I do not believe in a fate that falls
on men however they act; but I
do believe in a fate that falls on
them unless they act.

—G. K. Chesterton

どんな行動をしても降りかかる運命があるとは信じないが、
行動しなければ降りかかる運命はあると信じている。
——G・K・チェスタトン

10月3日

It is better to be in the dark with a friend than to be in the light without one.

――John

1人で明るいところにいるよりも、友だちと闇にいるほうがいい。
――ジョン

10月4日

笑う門には
福来たる

──日本のことわざ

10月5日

Don't Cry
because it's
OVER,
smile
because
IT happened.

—Unknown

終わってしまったと嘆くのではなく、経験できたと喜ぼう。
——出典不明

10月6日

Be bold enough to use your
voice, brave enough to listen
to your heart, and strong
enough to live the life
you've always imagined.

—Unknown

声をあげる大胆さを持ち、自分の心に耳をかたむける
勇気を持ち、いつも想像してきた人生をすごせるように
強くなりなさい。

——出典不明

10月7日

Great opportunities
to help others seldom
come, but small ones
surround us every day.

——Sally Koch

人を助ける大きな機会はめったにないが、
小さな機会は毎日身のまわりにあるものだ。
——サリー・コーク

10月8日

INVITE OTHERS TO
WONDER WITH YOU.

——Austin Kleon

みんなを呼んで、いっしょに不思議がろう。
——オースティン・クレオン

10月9日

Kindness is the golden chain by which society is bound together.

—Johann Wolfgang von Goethe

親切というのは、社会を結びつける金の鎖。
——ヨハン・ヴォルフガング・フォン・ゲーテ

１０月１０日

If you can't change your
fate, change your attitude.

——Amy Tan

あなたの運命を変えられないのなら、
あなたの態度を変えなさい。
——エイミ・タン

10月11日

Rise above the little things.

—John Burroughs

小さなことは、乗り越えよ。

——ジョン・バローズ

10月12日

Inward happiness almost always follows a kind action.

——Father Faber

内なる幸せは、たいてい親切な行いのあとに来る。
——ファーバー神父

10月13日

I ask not for a lighter burden, but for broader shoulders.

——Jewish proverb

荷物を軽くするよりも、荷物を運ぶ肩幅を広くしたい。
——ユダヤのことわざ

10月14日

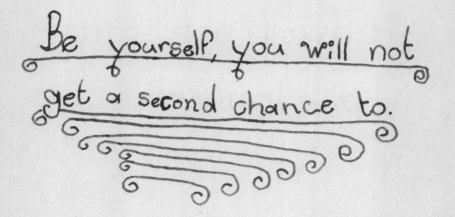

——Daniel

自分らしくしよう。チャンスは2度とないのだから。
——ダニエル

10月15日

Love truth, but pardon error.

—Voltaire

真実を愛せ。ただし、あやまちはゆるせ。
——ヴォルテール

10月16日

What makes night within us may leave stars.

—Victor Hugo

心のなかを夜にするものは、星を残してくれるかもしれない。
——ヴィクトル・ユーゴー

10月17日

Normal is a setting on a washing machine.

—Unknown

「標準」っていうのは、洗濯機の設定にすぎない。

——出典不明

10月18日

当<ruby>あ<rt>あ</rt></ruby>って
砕<ruby>くだ<rt>くだ</rt></ruby>けろ

──松亭金水

10月19日

Don't choose the one who is beautiful to the world. But rather, choose the one who makes your world beautiful.

—Harry Styles

世界にとって美しい人を選ぶな。
きみの世界を美しくする人を選べ。
——ハリー・スタイルズ

10月20日

Seek not,
my soul,
immortal life,
but make the
most of what is
within thy reach.

—Pindar

魂よ、不死の命を求めるのでなく、可能なことを最大限に生かせ。
——ピンダロス

10月21日

We make our world
significant by the courage of
our questions and the depth
of our answers.

—Carl Sagan

われわれは、質問をする勇気と回答の深さにより、
世界を大きな意味あるものにしている。
——カール・セーガン

10月22日

Fashion your life as a garden of beautiful deeds.

——Unknown

人生を、美しい行いの庭に作りあげよう。
——出典不明

10月23日

Be kind, for everyone you meet is fighting a hard battle.

—Ian Maclaren

親切になさい。あなたが出会う人はみな、
きびしい戦いのさなかにいるのだから。
——イアン・マクラーレン

１０月２４日

The soul aids the body, and at certain
moments, raises it. It is the only bird
which bears up its own cage.

—Victor Hugo

魂は、体を助け、ときには立ちあがらせてくれる。
そして、自分の鳥かごを支える唯一の鳥だ。
——ヴィクトル・ユーゴー

10月25日

Everything has its wonders,
even darkness and silence,
and I learn, whatever state I
am in, therein to be content.

—Helen Keller

すべてのものに奇跡があります。闇や静寂にも。ですから、
わたしはどのような状況下であろうと、満足できるのです。
——ヘレン・ケラー

10月26日

It is only with the
heart that one can
see rightly; what is
essential is invisible
to the eye.

—Antoine de Saint Exupéry

心で見ないとよくわからない。
いちばん大切なことは、目には映らない。
——アントワーヌ・ド・サン＝テグジュペリ

10月27日

Even the darkest hour has

only sixty minutes.

——Morris Mandel

もっとも暗い1時間でさえ、60分しかない。
——モリス・マンデル

10月28日

The mind is everything. What you think you become.

——Unknown

心がすべてです。あなたは、あなたが思ったようになるのです。
——出典不明

10月29日

Constant kindness can
accomplish much.
As the sun makes ice
melt, kindness causes
misunderstanding, mistrust,
and hostility to evaporate.

—Albert Schweitzer

変わることのない親切は、多くを成しとげる。太陽が氷を溶かす
ように、親切は、誤解や不信や敵意を蒸発させてしまう。
　　——アルベルト・シュヴァイツァー

10月30日

Find out what
your gift is,
and nurture it.

——Katy Perry

自分の才能を見つけ、大事に育てて。
——ケイティ・ペリー

10月31日

The way to have a friend is to be a friend.

—Hugh Black

友を得る方法とは、友になることだ。
——ヒュー・ブラック

ヒヒと人間

　数年前、20年にわたる生物学者たちのヒヒの群れについての研究記事を読んだことがある。この群れには、リーダーになりたがるとても攻撃的なオスがたくさんいて、しょっちゅう同じ群れのメスや弱いオスを攻撃し、いじめ、食べ物を横取りしていた。ある日、この状況がたまたまうまく働いた。ばい菌に感染した肉を攻撃的なオスたちが食べて全部死んでしまい、メスと弱いオスだけが生き残ったのだ。たちまち、このヒヒの群れは、まったく異なる集団に変わった。まず攻撃的でなくなり、おたがい仲良く、以前よりストレスのない行動を取るようになった。そのうえ、この新しい行動は、最初の親切な世代がすべて死んでしまったあとも長いあいだ続いた。この群れに新しく加わったヒヒは、攻撃的でない行動を身につけ、それを次の世代に伝えた。親切の伝染とでも言えるようなものが根づき、育ったのだ。

　ところで、ぼくは、なぜヒヒのことを話しているのだろう？　もちろん、ぼくが教えている5年生のみんながヒヒのようだと言っているわけではないので、ご心配なく！　けれども、あえて言わせてもらえば、次のような教訓を引き出すことができるだろう。小さな、中心的なグループが、集団の雰囲気を大きく変えるのだ。どの教師でも知っている。もしクラスに何人か、積極的にいい雰囲気を作ろうとする子がいたら、ラッキーだ。とてもよい1年をすごすことができるだろう。一方、何人かの中心的な子たちが、問題を起こすことばかり考えていたら、よくよく気をつけるべき！

　結局のところ、昨年度はすばらしい1年となった。いかにも中等部

らしいいざこざが、オギーとジュリアンの「不仲」のせいで、かなりひどくなってしまったし、女子のあいだでもあれこれあった。そんななかでサマーは、自分に自信がある元気な性格で、とてもよい影響をおよぼした。もう1人、シャーロットも、いつもやさしかった。先日、この子とチャットでこんなやりとりをした。

———

——こんにちは、ブラウン先生。学校新聞の記事を書いているのですが、格言について先生にインタビューできるでしょうか。お時間があるとよいのですが。

——こんにちは、シャーロット。喜んでやらせてもらおう。

——やった！　ありがとうございます！　まず、わたしが夏休みに送った格言を受け取りましたか？　「愛想よくするだけじゃだめ。友だちにならなくちゃ」って書いたのですけれど。

——受け取ったよ。送ってくれてありがとう。とても気に入った。

——ありがとうございます！　たぶん、どうしてこの言葉を選んだのかと思われましたよね？

——うん、そのとおり。知りたいね。

——はい、それは、こういうわけです。修了式でオギーがビーチャー賞をもらいましたよね。オギーは、ほんとうにあの賞にふさわしくて、すばらしいと思いました。でも、ほかにもあの賞にふさわしい子たちがいるんじゃないか、とも思いました。たとえばジャック。それからサマー。2人は、オギーのいい友だちでした。みんながオギーから逃げていた、はじめのころでさえ。

——おい、この部分は新聞記事にならないんだよね？

——ぜったい、しません。

——念のため。中断させてごめん。

——いえ。とにかく、ただ、わたしはオギーとほんとうの友だちに

なろうとしなかったと思ったんです。オギーにやさしく接してはいました。廊下で会えばあいさつしたし、1度も意地悪をしていません。でも、あの、サマーがやったようなことは、したことがありませんでした。ランチのときにオギーとすわったことはありません。ジャックがしたように、自分の友だちに対してオギーをかばったこともありませんでした。

——自分を責めることはないよ、シャーロット。きみはいつも、とてもやさしくしていた。

——はい、でも、ただやさしくするのと、親切を選ぶのとは、ちがいます。

——なるほど。

——6年生になってから、ランチのときは「夏のテーブル」にすわるようになりました。わたし、オギー、サマー、ジャック、マヤ、それからリードがいっしょです。まだオギーに近寄りたがらない子がいるのは知っています。でも、それはその子たちの問題ですよね。

——そのとおり。

——はい、じゃあ、新聞記事の話にもどります。なぜ先生が格言を集めだしたのか、みんなに教えてもらえないでしょうか。なにがきっかけだったのですか？

——そうだなあ。はじめて格言を集めることを思いついたのは、たぶん大学のときじゃないかな。サー・トーマス・ブラウンっていう、17世紀のいろんな分野の著作がある人の書いたものをたまたま読んで、ものすごく感動したんだ。

——マジですか？　名前がトーマス・ブラウンだったなんて？

——信じられない偶然だろ？

——それで、いつから生徒に格言を教えはじめたんですか？

——それからわりとすぐで、教育実習をはじめたときだ。それにしても、こんな質問をされるなんて、おかしなもんだよ。ちょうど、考

えていたところだったんだ。長年集めた格言と、シャーロットが今聞いてきたような内容のエッセイをまとめて、本にしようかってね。
──ほんとうですか？　すごい名案ですよ！　ぜったいその本を買います！
──ありがとう！　うれしいよ。
──お聞きしたかったことは、これで全部です。先生の本が完成して、読ませていただけるのを楽しみにしています。
──ありがとう。さようなら、シャーロット！

　やりとりのなかで、なによりうれしかったのは、シャーロットが自分自身で親切の奥深い力に気づいたとわかったことだ。
　ヒヒの話からはじめて、女の子の話で終わるわけだけれど、この両方の話で大事なのは、親切は伝染するということだ。そのみごとさに、生物学者や教師たちは驚くばかりだ。

──ブラウン

NOVEMBER

11月

11月1日

Have no friends not equal to yourself.

——Confucius

自分に及ばない友を持つな。
——孔子

11月2日

It is a rough road that leads to the heights of greatness.

—Seneca

険しい道こそが、偉大なる高さへ行く道である。
——ルキウス・アンナエウス・セネカ

11月3日

No one is good at everything but everyone is good at something.

——Clark

すべてが得意な人はいないけれど、
すべての人に得意なものがある。
——クラーク

11月4日

Turn your wounds into wisdom.

—Oprah Winfrey

あなたの傷を、知恵に変えなさい。
——オプラ・ウィンフリー

11月5日

In kindness is encompassed
every variety of wisdom.

—Ernesto Sábato

すべての種類の知恵は、親切のなかにある。
——エルネスト・サバト

11月6日

Don't strive for love, be it.

—Hugh Prather

愛を求めて奮闘^{ふんとう}するのではなく、愛になれ。

——ヒュー・プラザー

11月7日

Good friends are like stars.
You don't always see them,
but you know they're
always there.

—Unknown

よい友だちとは星のようだ。いつも見えていなくても、
必ずいるとわかっている。
——出典不明

11月8日

When life
gives you
lemons,
make orange
juice.
Be unique!

—J.J.

人生が、すっぱいレモンのようなつらい経験をくれたら、
オレンジジュースを作ろう。きみにしかできないことをするんだ！
——J.J.

11月9日

If opportunity doesn't
knock, build a door.

——Milton Berle

チャンスがノックしてこないのならば、ドアを作りなさい。
——ミルトン・バール

11月10日

O world, I am in tune
with every note of
thy great harmony.

——Marcus Aurelius

おお、世界よ、わたしはあなたの偉大なハーモニーの
音符すべてと調和している。

——マルクス・アウレリウス・アントニヌス

11月11日

My religion is very simple. My religion is kindness.

—Dalai Lama

わたしの宗教はとても単純だ。つまり、親切である。
——ダライ・ラマ14世

11月12日

Today, fill your cup of life with sunshine and laughter.

——Dodinsky

今日、あなたの人生のコップを、陽の光と笑いで
いっぱいにしなさい。
——ドーディンスキー

11月13日

Life is like sailing. You can
use any wind to go
in any direction.

——Robert Brault

人生はまるでヨットのようだ。どの風を使っても、
あらゆる方向へ行くことができる。
——ロバート・ブロー

11月14日

If you're lucky
enough to be different,
don't ever change.

——Taylor Swift

もしラッキーにも人とちがうのなら、ぜったい変えてはだめ。
——テイラー・スウィフト

11月15日

It costs nothing

To be nice.

——Harry Styles

やさしくするには、なんの費用もかからない。
——ハリー・スタイルズ

１１月１６日

To succeed in life, you need
three things: a wishbone,
a backbone and a funny bone.

——Reba McEntire

人生で成功するには、3つのものが必要だ。
願いと、信念と、ユーモア。
——リーバ・マッキンタイア

11月17日

The devotion of
thought to an honest
achievement makes the
achievement possible.

——Mary Baker Eddy

正直に功績をあげようとする献身的な思いこそ、
功績を可能にする。
——メリー・ベーカー・エディ

11月18日

When you are living the
best version of yourself, you
inspire others to live the
best versions of themselves.

——Steve Maraboli

ベストの生き方をしていると、ほかの人まで
ベストの生き方をしようという気にさせるものだ。
——スティーブ・マラボリ

11月19日

The happiness of life is made
up of minute fractions—the
little, soon forgotten charities
of a kiss or smile, a kind look,
a heartfelt compliment, and
the countless infinitesimals of
pleasurable and genial feeling.

—Samuel Taylor Coleridge

人生の幸福は、分きざみで作りあげられる。キスやほほえみ、
やさしいまなざし、心からの賞賛、かぞえきれない、
とても小さな喜びややさしさ。そういう、ちょっとした、
すぐ忘れられてしまう思いやりでできている。
——サミュエル・テイラー・コールリッジ

11月20日

If you don't Know, you should asK.

——Hailey

知らないのなら、たずねるべき。
——ヘイリー

11月21日

TO *Love* ANOTHER PERSON IS TO SEE THE FACE OF GOD

——*Les Misérables, The Musical*（Alain Boublil）

人を愛することは、神の顔を見ることだ。
——ミュージカル『レ・ミゼラブル』より（アラン・ブーブリル脚本）

11月22日

Kindness can become its own motive. We are made kind by being kind.

—Eric Hoffer

親切とは、それ自体がその動機になれるものだ。
親切にすることで、親切になれるのだ。

——エリック・ホッファー

11月23日

What this world needs is a new kind of army—the army of the kind.

—Cleveland Amory

この世界に必要なのは、新しい種類の――つまり、
親切の軍隊だ。
　　　――クリーブランド・エイモリー

11月24日

Let us be grateful to people
who make us happy. They are
the charming gardeners who
make our souls blossom.

—Marcel Proust

われわれを幸せにしてくれる人たちに感謝しよう。
彼らこそ、われわれの魂を開花させる、魅力的な庭師なのだ。

——マルセル・プルースト

11月25日

And the song, from
beginning to end,
I found again in the
heart of a friend.

——Henry Wadsworth Longfellow

そして、その歌が、最初から最後まで友の心のなかにあるのを、
また見つけたのだ。
——ヘンリー・ワーズワース・ロングフェロー

11月26日

Happiness is a perfume you cannot pour on others without getting a few drops on yourself.

——Unknown

幸せとは、数滴自分にたらさずには、ほかの人にたらすことができない香水だ。

——出典不明

11月27日

Good deeds can lead to more good deeds which can lead to more good deeds that will eventually lead back to you!

—Nicolas

よい行いは、次のよい行いにつながり、
それはまた、その次のよい行いにつながり、
やがては自分のところにもどってくるもの！
——ニコラス

11月28日

There are no shortcuts to
any place worth going.

——Beverly Sills

行く価値のあるところへは、近道がない。
——ビヴァリー・シルズ

11月29日

WHEN IT'S DARK, BE THE ONE WHO

TURNS ON THE LIGHT.

——Joseph

暗いときは、明かりをつける人になれ。
——ジョゼフ

11月30日

Big shots are only little shots who keep shooting.

——Christopher Morley

大人物とは、弾を撃ち続ける小人物である。
——クリストファー・モーリー

英雄

　先月のハロウィーンで、『指輪物語』のフロドのかっこうをしてきた子がいて、ぼくはつい、何気に言ってしまった。「先生もフロドが大好きだけど、正直言って、中つ国で一番偉大なヒーローは、サムワイズ・ギャムジーだ」

　そしたら、どうなったと思う？　まるで、ぼくが、ハロウィーンを廃止するとでも言ったみたいに、みんなびっくりして、そんなわけはないと大騒ぎになった。うちの教室で、これほどぼくの発言が議論を生んだのははじめてかもしれない。一番偉大なヒーローについて、生徒たちの意見は、熱烈なガンダルフ支持者が何人かいたものの、だいたいアラゴンとフロドの半々に分かれ、サムワイズを選んだぼくの意見に賛成の生徒は1人もいなかった。

　そこで、ぼくのこの奇抜な意見を、さらにくわしく説明してみた。サムは、どんなときもフロドを忠実に支える仲間であったことを指摘した。フロドがあきらめようとするたびに、サムは励まし続けたのだ。フロドが指輪を持っていられなくなると、サムはフロドをおぶって、モルドールの荒野を進んだ。フロドが死んだと思うと、自分で指輪を持ち、破壊しようとした。そして、指輪が力を増して誘惑を試みても、サムは誘惑に負けることがなかった。このような者は、中つ国でもめずらしかったのだ。ある意味サムは、まさに4つの徳を持つ者の模範例だとぼくは生徒たちに教えた。古代ギリシア・ローマにおいて、真に偉大な人間とは、次の4つの徳を等しく持っている人だと考えられていたのだ。

知恵：経験からたくわえられた思慮分別や、おりおりの状況に適切に対応できる能力。

正義：正しいことのために闘う能力。いつも正しいことを行おうとする、変わらない意志。

勇気：不安、予期せぬこと、脅しに対決する能力。

節制：節度を守る能力──私利私欲に走りそうになったときでさえも。節制は、自制心によって行うものである。

　サムワイズ・ギャムジーは、この4つの徳すべての模範であると、ぼくは生徒たちに教えた。けれども、サムは特別賢くはなかったと指摘され、たしかに、それはそのとおりだった。それに、サムは正義のためにがんばったわけではなく、これも、ぼくは同意せざるをえなかった。そして最終的に、サムは節制をつらぬいたのだというのが、クラス全員の結論になった。サムはけっして自分の望みに屈することなく、すみやかに、必ず仲間を助け続けたのだ。
「それでは、ほかの徳にすぐれた、フィクションのヒーローをあげられるかな？」ぼくは生徒たちにたずねた。じつに楽しいことになった！　ぼくは生徒たちに、2日間それぞれ調べて、それからみんなで議論しようと言った。
　まず、知恵について一番名前があがったのは、ヨーダ。ぼくはじょうだんっぽく文句を言った。「おいおい、ほんとうかい？　そんなの、あたりまえすぎておもしろくないじゃないか？」そして、『スター・ウォーズ』のなかでぼくが一番賢いと思うのは、ルーク・スカイウォーカーだと、みんなに教えた。もちろん、最初からではない。けれども、怒りをこら

え、他人の感情をおもんぱかれるようになってからは、おだやかで冷静になり、ジェダイ・ナイトになった。つまり、ダークサイドのフォースに対決できるほど賢いということだ。生徒たちは納得しなかった。どうやら40歳以下の者は、ルークよりヨーダに惹かれるようだ。

　正義については、『ナルニア国物語』の話になった。実際、汚名返上して正義王エドモンドになったエドモンドを、ほぼ全員が選んだ。

　勇気については、スーパーヒーローの世界を考えた。一番議論になったのは、スーパーマンかバットマンかだ。ある生徒が指摘したのは、スーパーマンは大変勇敢だが、そもそも、クリプトナイト以外のなんに対しても耐えられる体なのだということ。だいたい、クリプトナイトをポケットに入れている人なんて、そうそういるわけがない。一方バットマンは、いろんな道具や装備を持つだけのふつうの男で、ものすごく勇気がある。この件は、結局結論が一致しないままで、おそらく永久に一致することはないだろう。

　それから、ぼくは、長いあいだ気に入っている、宿敵同士であったアキレウスとヘクトールの話を持ちだした。この古代のいさかいについて、今まで聞いたこともなかったという生徒たちに説明する、じつにおもしろいチャンスだった。まずは、アキレウスがギリシャのもっとも偉大な英雄であったことを教えた。母親は女神で、赤ん坊のアキレウスをステュクス川にひたして不死の体にした。このとき、かかとをつかんでひたしたため、かかとだけは不死にならなかった。さらに、アキレウスの鎧は黄金でできていて、強力に体を守ることができた。そしてなにより、アキレウスは史上最高の訓練された戦士で、戦うことが大好きだったのだ。一方ヘクトールは、トロイア最強であったが、戦いが好きではなかった。母親は神でなく、鎧も神が作ったものではなかった。ヘクトールはふつうの人間で、ただ武勇にすぐれ、ギリシャ軍が1000隻の船で侵略してきたときに母国を守ろうと戦ったのだ。

アキレウスとヘクトールの有名な決闘について話すと、生徒たちはじつに興奮して聞いていた。子どもは古典に興味を持たないなんてことは、ぜったいにありえない。

最後に議論した徳は、節制だ。本や映画のなかで、もっとも自制心をつらぬいたのはだれだろうか？　これについては、『ハリー・ポッター』の世界で考えてみた。ハリーは、ときに規則やぶりがあったものの、自分しか持たない力を、けっして私欲のために乱用しなかった。透明マントを使って悪いことをいくらでもできたはずなのに、そんなことをしなかったと、ある生徒は指摘した。それどころか、ハリーは、自分の力を、じつに大きなよい行いのために使ったのだ。J・K・ローリングは大きな教訓を教えてくれた。

ほんとうに、すばらしい授業ができた日だった。すべてハロウィーンの仮装をしてきた男子生徒からはじまったことだ。計画していた授業内容からははずれてしまったものの、今日1日の授業のなかで、なによりも多く価値あることを学べたように思う。

教師には、教える自由が必要だ。生徒が試験に合格することだけをめざしていたら、そんな自由を得られない。ヘクトールのことが試験に出ることは、まずないだろう。だが、それと同じくらい確実に、生徒たちは知恵、正義、勇気、節制について学んだことを、今後ずっと覚えているはずだ。

——ブラウン

DECEMBER

12月

12月1日

Fortune
favors
the bold.

──Virgil

幸運は勇者に味方する。
──ウェルギリウス

12月2日

人間の目的は、
生れた本人が、本人自身に
作ったものでなければならない。

——夏目漱石

12月3日

The smallest
good deed is better
than the grandest
intention.

—Unknown

小さな善行は、壮大な意図に勝る。
——出典不明

12月4日

I'm not afraid of storms, for I'm learning how to sail my ship.

——Louisa May Alcott

わたしは嵐を恐れない。船のあやつり方を学んでいるのだから。
——ルイーザ・メイ・オルコット

12月5日

On that best portion of

a good man's life,

His little, nameless,

unremembered, acts

Of kindness and of love.

—William Wordsworth

よい人間の人生で最良の部分とは、小さな、名もない、
忘れられてしまう、親切と愛情の行為である。
——ウィリアム・ワーズワース

12月6日

By perseverance, the snail reached the ark.

—Charles Spurgeon

忍耐力によって、カタツムリは箱舟にたどりついたのだ。
——チャールズ・スポルジョン

12月7日

I believe that every human mind feels pleasure in doing good to another.

—Thomas Jefferson

すべての人の心は、たがいによいことをしあって
幸せを感じるものである。
——トーマス・ジェファーソン

12月8日

I've learned that life is like a book. Sometimes we must close a chapter and begin the next one.

——Hanz

> 人生は本のようだ。ときにはひとつの章を終えて、次の章をはじめなくてはならない。
> ——ハンズ

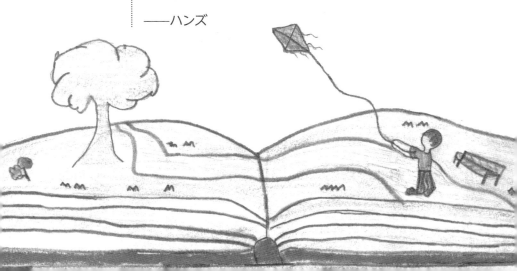

12月9日

You're like a bird, spread your wings and soar above the clouds.

—Mairead

鳥のように、つばさを広げて、雲の上へ飛びなさい。
——マレード

12月10日

The sun does not shine for a few trees and flowers, but for the wide world's joy

——Henry Ward Beecher

太陽が輝(かがや)くのは、いくつかの木や花のためだけでなく、
広い世界の喜(よろこ)びのためだ。
——ヘンリー・ウォード・ビーチャー

12月11日

All our dreams can
come true—if we
have the courage to
pursue them.

—Walt Disney

すべての夢は、かなえることができる。
追い求めようとする勇気があれば。
——ウォルト・ディズニー

12月12日

Injustice anywhere is a threat
to justice everywhere.

——Martin Luther King, Jr.

どの場所の不正も、すべての場所の公正に対する脅威である。
——キング牧師

12月13日

You are never too old
to set another goal
or to dream a new
dream.

—C. S. Lewis

新しい目標を持ち、新しい夢を持つことに、
年を取りすぎたということはけっしてない。
——C・S・ルイス

１２月１４日

僕
の前に道はない

僕の後ろに道は出来る

——高村光太郎

12月15日

Accept what you have
and treat it well.

——Brody

自分が持っているものを受け入れて、大事にしよう。
——ブロディ

12月16日

For attractive lips,
speak words of kindness.
For lovely eyes,
seek out the good in people.
For poise,
walk with the knowledge you'll
never walk alone.

——Sam Levenson

美しい唇であるためには、親切な言葉を話しなさい。
美しい瞳であるためには、他人の美点を探しなさい。
美しい身のこなしをするためには、けっして1人ではないことを
頭に入れて歩きなさい。
——サム・レヴェンソン

１２月１７日

True wisdom lies in
gathering the precious
things out of each day
as it goes by.

—Emily St. John Bouton

真の知恵とは、すぎゆく１日１日の貴重なことを
集めるなかから得られる。
——エミリー・セント・ジョン・ブートン

12月18日

Nothing will work
unless you do.

——Maya Angelou

なにもうまくいかない。あなたがやらないかぎり。
——マヤ・アンジェロウ

12月19日

EVEN THE
SMALLEST
PERSON
CAN CHANGE
THE COURSE
OF THE FUTURE.

——The Lord Of The Rings

どんなに小さな人でも、未来を変えることはできる。
——映画『ロード・オブ・ザ・リング』より

１２月２０日

To give service to a
single heart by a single act
is better than a thousand
heads bowing in prayer.

——Mahatma Gandhi

ひとつの心に奉仕するひとつの行いは、
1000人が頭をさげて祈るよりも、すぐれている。
——マハトマ・ガンジー

12月21日

One little word can light up someone's day.

——Ainsley

ひとつの小さな言葉は、だれかの1日を明るくすることができる。
——エインズリー

12月22日

Do your little bit of
good where you are;
it's those little bits of
good put together that
overwhelm the world.

—Desmond Tutu

あなたのいるところで、ささやかなよいことを行いなさい。
そのような、ささやかなよい行いこそが、組み合わさって
世界を圧倒するのです。
——デズモンド・ツツ

12月23日

Happiness resides
not in possessions,
and not in gold.
Happiness dwells
in the soul.

—Democritus

幸福とは持ち物や金銀に宿るものではない。
魂のなかに宿るものだ。
——デモクリトス

１２月２４日

Goodness does not consist
in greatness, but greatness
in goodness.

——Athenaeus

偉大さのなかに善は存在しないが、
善のなかに偉大さは存在する。
——アテナイオス

12月25日

自分の感受性くらい

自分で守れ

ばかものよ

――茨木のり子

12月26日

Amid life's quests, there seems but worthy one: to do men good.

—Philip James Bailey

人生の冒険のなかで、ほんとうに価値があると思われるのは、
人に善をほどこすことである。
——フィリップ・ジェイムズ・ベイリー

12月27日

A big heart is determined to make other hearts grow.

—Christina

大きな広い心は、必ずほかの人たちの心を育てていく。
——クリスティーナ

12月28日

Happiness is someone to love, something to do, and something to hope for.

—Unknown

幸福とは、愛する人がいて、やることがあり、希望を持てることだ。
——出典不明

12月29日

幸福も不幸も、
すべて君の心次第なんだよ。

――池田晶子

12月30日

Dream your dreams,
but when you act,
plant your feet firmly on
the ground.

—Noel Clarasó

夢を見なさい。けれども、行動するときは、
しっかり地に足をつけなさい。
——ノエル・クララソ

12月31日

Let us always meet each other

with a smile....

———Mother Teresa

会うときは、いつもおたがい笑顔で…
———マザー・テレサ

ミステリー

　12月。1年の終わり。新しい年のはじまり。今までをふりかえるチャンス。これからを待ち望むよい機会。前に受け持った生徒たちから連絡をもらえたのは、とてもうれしかった。オギー、サマー、シャーロット、そして、もちろん一番驚かされたのは、ジュリアンだった。だが、それも、エイモスからすごい内容のメールをもらうまでのこと。エイモスは、昨年度受け持ったクラスの男子生徒だ。いつもはおとなしくて、クラスで発言するタイプではなかったが、昨年度の野外学習のときにオギーとジャックを助けて、みんなを驚かせた。ピンチのときに先頭に立って、みごとなリーダーシップを発揮した。ときに子どもというものは、自分がリーダーに向いているということに、実際先頭に立ってみるまで気づかないことがあるようだ。

　ぼくが受け取ったメールは、ある、ちょっとしたミステリーの答えだった——答えを知りたかったのは、ぼくだけではないはずだ。

宛先：tbrowne@beecherschool.edu
差出人：amosconti@wazoomail.com
件名：やっと、おれの格言！

　ブラウン先生、こんにちは！　サイコーの冬休みを楽しんでます？夏休みにハガキを送れなくて、すみません。けっこうあれこれあったもので。とにかく、これがおれの格言。「あんまり必死にかっこつけようとするな。ぜったいバレバレで、かっこいいもんじゃない」。
　どうです？　けっこうイケてる？　この格言の意味は説明しなくて

も、はっきりしてますよね。先生なら、おれがだれのことを言っているのか、ご存じのはず。

　それにしても、マジ、5年生のときはしんどくて、まいりました。波乱万丈！　ふだん、おれはいざこざには首をつっこまないほうなんですが、あのときは、ジュリアンがやっていたことにムカついてうんざりしたんです。今の学年ではあんまり問題が起きないので、ひと安心です。もうだれも、オギーにいやなことをしません。ちょっとはあるだろうけれど、たいしたことはないです。そりゃどうしたって、少しじろじろ見ちゃう子はいるに決まっているでしょう。でも、オギーはみんなの力強い「相棒」だし、だれももういじめやしません。

　ところで先生、これから、ある秘密を打ちあけますけど、いいですか？　ジュリアンが意地悪な紙切れをオギーのロッカーに入れて、すごくしかられたのを覚えていますよね？　ジュリアンの転校のほんとうの理由はその事件だって、みんな言ってます。じつは停学処分を受けたらしいっていうのも聞きました。だけど、それはともかく、大きな謎は、いったいどうやってトゥシュマン先生が紙切れを見つけたのか、ですよね？　オギーは校長先生に言いつけなかった。ジャックも言わなかった。サマーも言わなかった。ジュリアンも言わなかった。さて、なぜおれがそれを知っているのか、わかりますか？　これこそ重大発表……おれが言ったからです！　先生、予想もつかなかったでしょう？

　ちょっとばかり説明すると、ジュリアンが意地悪な紙切れを入れていることを、ヘンリーとマイルズが知ってたんです。それで、ぜったい人に言うなって約束で、おれに教えました。でも、それを聞いたら、ジュリアンがそこまでオギーにひどいことをしているなんてって、ものすごく腹が立ちました。やりすぎだと思ったんです。それで、ヘンリーやマイルズとの約束はあっても、トゥシュマン先

生に言ってオギーを守ってもらわなくてはなりませんでした。おれは見ているだけの野次馬じゃなくて、行動を起こせる人間！　オギーのような子には、おれみたいなのが味方になってやらないと。そうですよね？

　先生、そういうわけです。でも、だれにも言わないでください。校長先生に言いつけた犯人だなんて、責められたくないですから。とは言っても、ばれたところで、たいしてかまいません。おれは自分の信じることをしたんですから。

　じゃあ先生、お元気で！　寒いけど、風邪をひかないように！

　それはもう、外は寒いだろうけれど、ぼくの心は、すっかりポカポカあたたかくなった。たしかに、予想もしていなかった。まったくもって、ひとりひとりそれぞれの物語があるものだ。そして、少なくともぼくの経験をふりかえると、ほとんどの人は、本人が思っているよりも、ちょっぴり高貴な人間なのだと思う。

——ブラウン

格言は、生きるうえで役に立つ、人生の基本的な指針となる言葉です。ただの生き方のコツや美しい言いまわしではなく、人生の助けとなり、精神を高める言葉であり、人間のなかの善をほめたたえてくれるものです。

　この本では、１日にひとつ、365の格言を紹介しています。人気のある歌から、児童書、フォーチュンクッキーにいたるまで、あらゆるところから集めた格言と、巻末には出典も掲載しました。また、世界中の子どもたちから送られてきた格言ものっています。

　この本を作るにあたり、多くの方々が協力してくださいました。すばらしい格言を送ってくださったみなさん、ほんとうにありがとうございました。全部を掲載することはできませんでしたが、世界中から1200件以上もの投稿がありました。そのなかから、もっともブラウン先生の格言の精神をあらわしていると思われるものを、この本に掲載しました。

　すべての投稿をひとつひとつ読むのを手伝ってくれた、わたしの夫ラッセル、息子のケイレブとジョセフにも感謝の意を表します。この３人の知恵、意見、助力、そして、すべてにおいて愛にあふれた支えなしでは、この本の刊行はぜったいに実現できないことでした。

　そして、子どものころからわたしを応援し、今も毎日子どもたちの成長を応援し続ける教師と図書館員のみなさんには、いつも、心から感謝しております。みなさんこそ、この世界に存在する真の奇跡です！

R・J・パラシオ

編集部註：一部の格言を、著者の了解を得て
日本人の言葉に置きかえました。

格言の背景

1月1日
サー・トーマス・ブラウン（1605-1682）は英国の医師・哲学者であり、自然界や科学、宗教についての著作を残した。著作『医師の信仰』はよく知られており、信仰深く科学に造詣の深い人としての内省が記されている。この文章は、『医師の信仰』より引用。

1月2日
ロアルド・ダール（1916-1990）は英国の作家で、ブラック・ユーモアとウィットに富んだ児童書でよく知られている。作品に『チョコレート工場の秘密』、『おばけ桃の冒険』、『マチルダは小さな大天才』など。この引用句は『ふしぎの森のミンピン』より抜粋。

1月3日
ヘンリー・ジェイムズ（1843-1916）はニューヨーク市に生まれ、生涯の大部分を英国で過ごした作家。『ある婦人の肖像』、『金色の盃』、『ワシントン・スクエア』などの小説は、文学における写実主義の流れをくむものとされている。

1月4日
ジョン・ダン（1573-1631）は英国の詩人。宗教や恋愛など幅広いテーマで詩作している。本書の引用句は "Devotions Upon Emergent Occasions and Death's Duel"（1月4日分）と、"Sweetest Love, I Do Not Go"（8月24日分）より。

1月5日
エルジー・クリスラー・シーガー（1894-1938）は米国の漫画家であり、ポパイのキャラクターで知られている。ポパイはパイプ煙草をふかし、ほうれん草を食べる水夫で、ガールフレンドのオリーブと養子にとった息子スウィーピーを愛している。本文中の言葉は、1933年版の『ポパイ』より引用。

1月6日
ジョン・レノン（1940-1980）とポール・マッカートニー（1942-）は世界的に有名な英国のロックバンド、ビートルズを構成する4人のミュージシャンのうちの2人。10代からともに作詞作曲をはじめ、ほとんどのビートルズの曲を作った。本文中の言葉は、『愛こそはすべて』より引用。

1月7日
上杉鷹山（1751-1822）は、江戸時代の大名。現在の山形県の一部である米沢藩を治め、財政危機におちいった藩を立て直したことで知られる。本文中の言葉は、上杉鷹山が手紙に書いた短歌より引用。

1月8日
カール・セーガン（1934-1996）は米国の天文学者。地球外生物の研究をし、ベストセラーを何冊も書き、科学 TV シリーズのホスト役も務めた。本書で取りあげた引用句は、ニューズウィーク誌掲載のインタビュー（1月8日分）、TV シリーズ『コスモス』エピソード5（7月29日分）、著書『コスモス』（10月21日分）より抜粋。

1月9日
ハリール・ジブラーン（1883-1931）は作家であり芸術家でもある。1923年に出版された『預言者』には愛や死、喜びと悲しみ、友情、善悪の性質など人間のありようについて書かれ、40か国語以上に翻訳された。

1月11日
ポール・ブラント（1972-）は、カナダのカントリー・ミュージックの歌手兼ソングライター。この引用句はドナルド・ユーイングIIとケント・ブレイジーによる歌 "There's a World Out There" の一部。"The Sky is the Limit" は英語のイディオムで、「（果てしない）空が限界」、つまり「可能性は無限大」という意味で、本文中の言葉はそれをもじったしゃれになっている。

1月12日
アンネ・フランク（1929-1945）はドイツに生まれ、1933年の選挙でナチ党が勝利をおさめると、反ユダヤ主義から逃れるため家族でアムステルダムに移った。しかしドイツ軍はオランダも支配下に置き、一家は建物の一室に隠れることを余儀なくさせられる。2年間の隠れ家生活は13歳のアンネによる日記に注意深く記録された。本文中の言葉は、『アンネの日記』より引用。

1月14日
老子は春秋戦国時代の中国の思想家。その書物『老子道徳経』は道教の修行の真髄を伝える経典とされている。

1月15日
ポール・ヴァレリー（1871-1945）はフランスの作家、詩人、評論家。詩のほかに、科学や数学、人の本質についての思索をつづったノート『カイエ』などが知られている。

1月17日
J・R・R・トールキン（1892-1973）は英国の作家。代表作は、中つ国を舞台としたファンタジー『ホビットの冒険』、『指輪物語』。すぐれた言語学者であったトールキンは、古英語、ゲルマン語、古ノルド語や神話からインスピレーションを得た。本書で取りあげた引用句は、『指輪物語』から。

1月18日
アニー・レノックス（1954-）は、英国の歌手、政治活

動家。1980年代にヒットした2人組ミュージシャン、ユーリズミックスの1人である。レノックスは長年の慈善活動を評価され、2011年にエリザベス2世により大英帝国勲章コマンダーを授与されている。

1月19日
A・A・ミルン（1882-1956）は英国の作家。ウィニー・ザ・プーというぬいぐるみのクマの冒険を描いた児童書で大成功をおさめた。作品に登場するクリストファー・ロビンは、作家自身の息子の名から取っている。本書で取りあげた引用句は、『クマのプーさん』より抜粋。

1月20日
ヘンリー・バートン（1840-1930）は聖職者。賛美歌で有名。もっとも有名な自身の作品 "Pass It On" は義父から聞いた実話にインスピレーションを得たと話している。義父が若かったころ、英国に戻る蒸気船でお金がなくなったとき、船室係が義父に必要なお金を与えたのである。船室係は、数年前に困った立場にあったとき、義父の父親が同じように救ってくれたのだと話した。本書で取りあげた引用句は、バートンの賛美歌 "Have You Had a Kindness Shown" より。

1月21日
『ロッキー・ホラー・ショー』は1975年に制作された映画。本文中の言葉は、『ロッキー・ホラー・ショー』のなかの歌『ファンファーレ／夢を見るのはおよし』より。

1月22日
ティク・ナット・ハン（1926-）はベトナム出身の禅僧、人権運動家。10代で出家し禅僧になる。非暴力・中立の立場からベトナム戦争の停戦を主張、ベトナム政府から「反逆者」とされてパリへ亡命する。欧米やアジアに僧院を持ち、世界各地を訪れて講演や瞑想指導を行っている。マインドフルネスの実践についての著作多数。

1月24日
ウィリアム・シェイクスピア（1564-1616）は英国でもっとも有名な劇作家、詩人。『ロミオとジュリエット』、『マクベス』、『お気に召すまま』などをはじめとする戯曲は、他の劇作家のものよりも数多く上演され、次代の作家たちに影響をあたえ続けている。本書で取りあげた引用句は『ハムレット』より抜粋。

1月25日
イソップ（紀元前620頃 - 紀元前564）は、古代ギリシャの寓話の語り手。この人物が実在したという証拠は、アリストテレスとプルタルコスに言及されている以外、古代の資料にほとんど残っていない。本書で取りあげた引用句は『ライオンとねずみ』より。

1月26日
オスカー・ワイルド（1854-1900）はアイルランドの作家、劇作家、詩人。『幸福な王子』などの児童書で有名。

1月27日
ルキウス・アンナエウス・セネカ（紀元前4年頃 - 紀元65）は、ローマ帝国の哲学者、劇作家。ネロ皇帝の助言者でもあった。父親と区別するため小セネカと呼ばれることもある。

1月28日
アポロン神殿は、ギリシャ・デルフォイに残された古代遺跡に建つ、アポロンをまつる神殿のこと。聖なる泉の近くにある。本文中の言葉はアポロン神殿入り口への刻印から。

1月29日
ヴィクトル・ユーゴー（1802-1885）は、高く評価されているフランス人作家の1人。『レ・ミゼラブル』や『ノートルダム・ド・パリ』といった社会的不公正や貧しい人びとの窮状をテーマとした小説のほか、詩や戯曲もある。本書で取りあげた引用句は『レ・ミゼラブル』（1月29日分と10月24日分）よりの抜粋と『九十三年』（2月3日分、3月17日分、4月28日分、10月16日分）よりの抜粋。

1月30日
エレノア・ルーズベルト（1884-1962）は、フランクリン・D・ルーズベルト元アメリカ合衆国大統領の妻であり、ファーストレディとして歴史上、もっとも長く務めた女性である。高まりつつあった公民権運動の支持者であったとともに、女性の平等な権利を強く主張した。夫の死後、国際連合の代表に任命され、世界人権宣言の起草にも協力している。

2月1日
ジェームズ・サーバー（1894-1961）は、人気のあるユーモア作家で、主に『ニューヨーカー』誌に掲載される漫画や短編作品で知られている。本書の引用句は "The Scotty Who knew Too Much" より。

2月2日
スティーブン・グレレット（1773-1855）は北アメリカとヨーロッパの多くの国で教育改革や病院や刑務所の改善に尽力したことで知られている。

2月3日
ヴィクトル・ユーゴーについては1月29日を参照。

2月5日
アルキメデス（紀元前287頃 -212）は古代ギリシャの数学者、天文学者、物理学者、発明家、技術者である。円周率の近似値を算出し、非常に大きな数を表すために累乗法を考案した。

2月6日
金子みすゞ（1903-1930）は日本の童謡詩人。20歳のころから書きはじめ、雑誌に投稿する。西条八十に絶賛されるが、23歳で結婚した夫に創作を禁じられ絶筆。26歳で亡くなった。本文中の言葉は、詩『私と小鳥と鈴と』から引用。

2月8日

パブロ・ピカソ（1881-1973）は画家、彫刻家。20世紀における、もっとも偉大で影響力のある芸術家の1人である。『アヴィニョンの娘たち』や『ゲルニカ』といった作品でキュビズムの創始者となった。『ゲルニカ』ではスペイン内戦中にゲルニカの町が爆撃された恐怖を描いている。

2月9日

ダンテ・アリギエーリ（1265-1321）は中世イタリアの詩人。もっとも有名な作品は『神曲』で、作者の地獄、煉獄、天国の遍歴を描いている。ダンテはまた、イタリア語の父とも言われている。

2月11日

福沢諭吉（1835-1901）は、日本の学者、教育者。江戸時代から明治時代にかけて活躍し、慶応義塾大学を創始した。本書に引用された文章は、著書『学問のすゝめ』より。

2月12日

クロード・ベルナール（1813-1878）はフランスの生理学者。生体の内的環境が自ずから一定に保とうとする生命維持活動を説明するため「ホメオスタシス」という言葉を作った。本書に引用された言葉は、"Bulletin of the New York Academy of Medicine"（Vol.IV,1928）より。

2月14日

オウィディウス（紀元前43-紀元17頃）は、ウェルギリウスやホラティウスと並ぶラテン文学におけるもっとも偉大な詩人の1人で、彼の叙事詩『変身物語』は15冊に及ぶ。オウィディウスの作品は、ダンテやシェイクスピアといった後世の多くの偉大な詩人に影響をあたえた。

2月15日

ヴィクター・ボーグ（1909-2000）はデンマークのコメディアン、ピアニスト。第二次世界大戦中ナチスがデンマークを占領すると、ボーグはヨーロッパで演奏活動を行っていた。米国に移住したのち、ラジオパーソナリティやテレビ番組のホストとして人気を博した。本書の引用句はデンマーク語の著書"Smilet er den korteste afstand"より。

2月16日

ロイド・ジョーンズ（1955-）はニュージーランドの作家。作品に英連邦作家賞を受賞しブッカー賞の最終候補に残った『ミスター・ピップ』がある。

2月18日

オーギュスト・ロダン（1840-1917）はフランスの彫刻家。その作品は人間の体や形の写実的な表現で知られ、特に有名な作品『考える人』と『接吻』は高く評価されている。本書に引用された言葉は"The Origins of Creativity"より。

2月19日

ネルソン・マンデラ（1918-2013）は、南アフリカの反アパルトヘイト運動の指導者。国家反逆罪で収監されていたが、27年に及ぶ刑務所生活から釈放されてわずか4年後に行われた南アフリカ初の全人種参加選挙で勝利をおさめ、1994年から1999年まで南アフリカの大統領に就任した。引用句は『自由への長い道』より。

2月20日

小柴昌俊（1926-）は日本の物理学者。宇宙から飛んでくる素粒子ニュートリノの観測に成功し、2002年ノーベル物理学賞を受賞した。本文中の言葉は著書『心に夢のタマゴを持とう』（講談社）から。

2月21日

ボブ・メリル（1921-1998）とジューリー・スタイン（1905-1994）は若き日の映画『ファニー・ガール』で使われた曲、『パレードに雨を降らせないで』の作詞作曲を務めた。

2月22日

孟子は孔子の流れを引く中国、戦国時代の思想家。孔子の孫にあたる子思（しし）の門下で学び、40年に及び中国を旅し、当時の支配者に助言をあたえた。孟子は人の本質は善であり、道徳的に不善の行いは社会の影響であると説いた。

2月25日

フィリップ・シドニー（1554-1586）はエリザベス朝の英国の詩人、学者、軍人である。著作に『詩の弁護』、『アストロフェルとステラ』、『アーケイディア』など。シドニーは英国とヨーロッパでのプロテスタント運動の支持者であり、31歳のときにスペインを相手に戦い、その際のけがが原因で亡くなった。本書の引用句は『詩の弁護』より抜粋。

2月26日

岡本太郎（1911-1996）は現代日本を代表する画家・彫刻家。パリ大学在学中、ピカソの作品に衝撃を受け、抽象芸術運動に参加。帰国後も前衛的な作品を次々に発表する。大阪万国博覧会のシンボル『太陽の塔』の作者。本文中の言葉は、『強く生きる言葉』（イースト・プレス）より引用。

2月27日

エピクテトス（55頃-135頃）はギリシャの哲学者。人生は運命によって決められるが、善をなすか悪をなすかは個人の選択によるものであり、それが運命を決定すると考えた。個人は自己反省、自制心、そして純粋でシンプルな生活を送ることを通じ、自身の行動に責任を持つことができると信じた。

2月28日

ソフォクレス（紀元前496頃-紀元前406頃）はギリシャの戯曲家で、もっともよく知られた悲劇作品に『オイディプス王』、『エレクトラー』、『アンティゴネー』がある。ソフォクレスの作品は戯曲と詩歌の両

方において文学に奥深い影響をあたえ、書かれてから3000年を経た現在でも上演されている。

3月1日
ブレーズ・パスカル（1623-1662）はフランスの数学者、物理学者、発明家、そして作家である。世界で最初の計算機の発明や、数学、幾何学、物理学方面での多くの発見という功績を残した。また、神学書の傑作とされている『パンセ』など哲学の著作も数多く残している。

3月2日
マーガレット・ミード（1901-1978）は米国の文化人類学者。ミードによる、サモアや南太平洋の「原始的」とされている社会の研究は、西洋文化における性や人種の理解につながった。

3月3日
ウォルト・ホイットマン（1819-1892）は米国の詩人。もっともよく知られている作品『草の葉』は、同年代の作家エマーソンやソローから賞賛されたが、韻を踏まない散文体の使用と「わいせつ」とされた内容により、批評家からは酷評された。ジャーナリストや編集者の職にもつき、南北戦争中には北軍の陸軍病院の志願看護師として働いた。

3月6日
カイサリアのバシレイオス（別名：聖大ワシリイ、330頃-379頃）は大バシレイオスとも呼ばれ、現在のトルコに属する地域のギリシャ主教であった。バシレイオスは宗教面でも政治面でも重要人物で、貧しい人びとや恵まれない人びとのために尽くしたことで知られている。

3月7日
ラルフ・ワルド・エマーソン（1803-1882）は米国の作家、詩人、哲学者。『自然論』などの著作で知られている。

3月8日
マーティン・H・フィッシャー（1879-1962）は医師。フィッシャーの診療記録は、50年以上にわたり、医師をめざす人びとの教育に影響をあたえた。

3月9日
孔子（紀元前551頃～紀元前479）は中国、春秋時代の思想家。孔子の教えの重要点は「仁」、すなわち他人を愛することは、正直および人生を送るために必要であるとされている。「己の欲せざるところ、人に施すことなかれ」という行動規範を定めた最初の人物である。

3月10日
ダライ・ラマ14世（1935-）はチベット仏教の最高指導者。自分の人生は3つの義務——幸福の実現のための基本的な人の価値と俗人の倫理観を高めること、異なる宗教間の調和をはかること、平和と非暴力を重んじるチベット仏教文化の保存に努めること——

を負っていると話している。本書の言葉（11月11日分）は"Kindness, Clarity, and Insight"より。

3月11日
マーク・トウェイン（1835-1910）は、米国でもっとも愛されている作家の1人。代表作は『トム・ソーヤーの冒険』と『ハックルベリー・フィンの冒険』。多作な作家であるだけではなく、生涯において、印刷工、蒸気船の水先人、鉱山作業員、ジャーナリストなどさまざまな職種を経験した。奴隷制度の廃絶を支持し、科学と技術に深い関心を示した。

3月12日
エミリー・ディキンソン（1830-1886）は米国の詩人。生家からあまり出ず、静かな生活を送った。死後、1600編の詩をふくむ40冊の手とじの本が家族により見つけられ、出版された。本書の引用句は"That Love is all there is"より。

3月13日
ヘンリー・スタンリー・ハスキンズ（1875-1957）は米国の投資家、作家。匿名で"Meditations in Wall Street"という本が出版され、多くの読者を得た。ハスキンズが著者として認められたのは、出版後7年を経てからだった。

3月14日
仏教伝道協会は、ブッダの教えである仏教の布教を目的とする公益財団法人。沼田惠範の指導により日本人学者たちを構成したチームを構成し、『仏教聖典』を編集した。本文中の言葉は『仏教聖典』（仏教伝道協会）から引用。

3月15日
ヴォルテール（1694-1778）はフランスの作家であり、啓蒙思想を代表する人物の1人。作品には戯曲、詩、歴史と哲学についての随筆があり、風刺に富み、貴族と教会を攻撃するものが多かった。宗教的自由と寛容を信条とし、政教分離を支持した。本書の引用句は"Le Mondain"（3月15日分）と"Deuxieme discours:De la liberte"より。

3月16日
ピエール・ド・マリヴォー（1688-1763）はフランスの小説家、劇作家。『愛の勝利』、『愛と偶然の戯れ』、『偽りの告白』などの喜劇はフランスで広く知られている。

3月17日
松下幸之助（1894-1989）は日本の実業家。1918年、松下電気器具製作所（現・パナソニック）を創業、世界的なメーカーへと育てた。本書の言葉は『社員心得帖』より。

3月20日
マザー・テレサ（1910-1997）はカトリック教会の修道女で、インドでの人道的活動により1979年にノーベル平和賞を受賞した。貧しい人びとのための無

料食堂、孤児院、学校、カウンセリング・プログラム、HIV／エイズ患者、ハンセン病患者、結核患者のためのホームを設立した。

3月23日
ジャン＝ジャック・ルソー（1712-1778）は作家、啓蒙思想家。その作品は当時の社会において大きな影響力を定める。ルソーは人間の本性は善であり、法律を定める権力は人民の手に委ねられるべきだと説いた。代表作に『社会契約論』、『エミール』など。

3月26日
ダライ・ラマ14世については3月10日を参照。

3月27日
ヨハン・ヴォルフガング・フォン・ゲーテ（1749-1832）はドイツの詩人、作家。最初の小説『若きウェルテルの悩み』は、25歳にして彼を有名人にした。『ファウスト』や詩、格言などその他の作品は、その後、長年にわたり多くの芸術家、作家、作曲家に感銘をあたえた。

3月28日
ジョルジュ・ジャック・ダントン（1759-1794）はフランス革命を率いた1人であり、君主制の撤廃に貢献した中心人物。弁護士であると同時にすぐれた弁舌家でもあったダントンは、革命後の恐怖政治に批判的になり、穏健な立場を取ったためギロチンにかけられた。

3月29日
ウィリアム・ブレイク（1757-1827）は英国の芸術家であり詩人。もっともよく知られる『無垢の歌』などの著作は、宗教的・神話的象徴が多用されている。本書の引用句は『天国と地獄の結婚』より。

3月30日
ルポール（1960-）はカリフォルニア州出身の米国のテレビタレント、レコーディング・アーティスト。本名はルポール・アンドレ・チャールズ。1992年にヒット曲"Supermodel"をリリースし、以後、いくつものテレビ番組で司会を務めている。

4月1日
サッフォー（紀元前610年頃-570年頃）はギリシャの詩人。広く評価されているが、作品の多くは失われている。残されている作品は、愛と情熱をテーマとしたもので知られている。

4月2日
リチャード・ヘンリー・ホーン（1802-1884）は英国の詩人。チャールズ・ディケンズの週刊雑誌『ハウスホールド・ワーズ』の編集者でもあった。本書の引用句は"Orion"より。

4月3日
ダニエル・ウェブスター（1782-1852）はマサチューセッツ州の弁護士で米国上院議員であり、1841年

から1843年までと1850年から1852年まで、米国国務長官も務めた。本書の引用句は、バンカーヒル記念塔の礎を設置する際の演説（1825）より。

4月4日
トルストイ（1828-1910）はロシアの小説家で、『戦争と平和』でよく知られている。貴族の家庭に生まれたトルストイは、若いころはギャンブルに熱中し家族の資産を浪費したが、後年は、禁欲的でまるで修道士のような生活を送った。

4月6日
マハトマ・ガンジー（1869-1948）は公民権運動の運動家で、非暴力と不服従という手段でインドが英国からの独立を獲得するために貢献した。その生き方は多くの公民権運動の指導者に影響をあたえた。

4月7日
セーレン・キルケゴール（1813-1855）はデンマークの哲学者、神学者で、その作品は実存主義の運動に影響をあたえた。本書の引用句は『日記』より。

4月8日
ヘンリー・デイヴィッド・ソロー（1817-1862）は米国の作家、哲学者、そしてナチュラリストでもある。代表作『ウォールデン　森の生活』では自然にかこまれたシンプルな生活に対する彼の情熱が表現されている。本書への引用句はどちらも『ウォールデン　森の生活』より。

4月9日
ジェイムズ・ラッセル・ローウェル（1819-1891）は米国のロマン主義の詩人であり、奴隷廃止を訴える雑誌『ジ・アトランティック・マンスリー』の編集者として奴隷制度の廃止に尽力した。本書の引用句は"Sonnets"より。

4月10日
ジョナサン・スウィフト（1667-1745）はアイルランド人の作家で、『ガリヴァー旅行記』でもっともよく知られている。この作品はまた、当時の英国社会と啓蒙思想に対する批判がこめられている。本書の引用句は"Polite Conversation"より。

4月11日
ヴィンス・ロンバルディ（1913-1970）は、米国ナショナル・フットボール・リーグの名コーチ。グリーンベイ・パッカーズを7年中5年チャンピオンシップに導いた。

4月12日
ウィリアム・メイクピース・サッカレー（1811-1863）は英国の作家。英国社会を風刺した『虚栄の市』、『バージニアの人びと』といった代表作がある。

4月14日
ジミー・ジョンソン（1943-）は米国の元プロフットボール選手でありコーチ。コメンテーター、アナリス

• 434 •

トでもある。ダラス・カウボーイズを2年連続でスーパー・ボウルでの勝利に導き、2012年にはカレッジフットボール殿堂入りを果たしている。

4月15日
エドワード・エベレット・ヘール（1822-1909）は作家で、伝記や歴史関係をふくむ多くの作品を残している。奴隷制度廃止に賛成した聖職者でもあり、教育にも力を入れた。

4月16日
トム・ウィルソン（1931-2011）は米国の漫画家。1969年に発表した新聞漫画、『ジギー』の作者として知られている。ジギーは犬、猫、魚、アヒルなどたくさんのペットを飼っている、大きな鼻が印象的なキャラクター。

4月17日
ヘンリー・ヴァン・ダイク（1852-1933）は米国の作家、教師、牧師。本書の引用句は、1982年9月2日の米国下院の教育および労働委員会の下位組織である特別教育委員会のヒアリングで提出された"handicapped Individuals Services and Training Act"より。

4月18日
ジョーゼフ・キャンベル（1904-1987）は米国の学者、作家。神話の比較研究と、世界各地の神話や物語に共通するテーマを見出す、英雄の旅についての理論で知られている。

4月20日
ジョーゼフ・ノリス（1699-1733）は米国の詩人で、詩、聖歌、教会の歴史や教義についてのエッセイを書いている。

4月22日
カール・シュルツ（1829-1906）は編集者、政治家、作家、教師。青年時代にドイツの革命に参加したため国外に逃亡することを余儀なくさせられた。米国で弁護士となり、南北戦争中は北軍志願兵、南北戦争後は上院議員となった。本書の引用句は、1859年4月18日に行われたボストン、ファニエル・ホールでの演説より。

4月23日
アルベルト・シュヴァイツァー（1875-1965）は哲学者、医師。アフリカで医療施設団の一員として働き、病院を設立したが、第一次世界大戦中に戦争捕虜となった。慈善活動を評価され、1952年にノーベル平和賞を受賞している。

4月24日
手塚治虫（1928-1989）は日本を代表する漫画家、アニメ作家。代表作に『鉄腕アトム』、『リボンの騎士』、『火の鳥』など。本書の言葉は、『手塚治虫　未来へのことば』（こう書房）より引用。

4月25日
カール・ウィルソン・ベーカー（1878-1960）は米国の作家。1931年にはピュリッツァー賞詩部門にノミネートされた。本書の引用句は"Good Company"より。

4月26日
孟子については2月22日を参照。

4月27日
ウィリアム・ジェームズ（1842-1910）は米国の哲学者で、哲学から独立した学問である経験科学としての心理学の確立に貢献した。プラグマティズムの哲学的伝統と密接に関わっている。

4月28日
ヴィクトル・ユーゴーについては1月29日を参照。

4月29日
オースティン・クレオン（1983-）は作家。これまでに『クリエイティブの授業　Steal Like an Artist　"君がつくるべきもの"をつくれるようになるために』など、3冊の本を出している。本書の引用句は、上記『クリエイティブの授業』より。

5月1日
ネリーおばあちゃんは架空の人物で、ブラウン先生の祖母。R・J・パラシオ作『365日のワンダー』に引用句が登場する。この人物も引用句も、R・J・パラシオの母親をモデルにしている。

5月2日
ジョン・ウェスレー（1703-1791）は英国国教会の司祭であり、メソジスト教会の創始者である。ウェスレーの指導のもとに、メソジスト教会は、刑務所改革や奴隷制度廃止など社会的大義のために尽力するリーダー的立場を取るようになった。

5月3日
ハン・スーイン（1917-2012）は1955年に映画化された『慕情』の作者として知られている。中国人の父とベルギー人の母を持ち、中国で育ったが、主に英語とフランス語で執筆した。彼女の小説は現代中国を舞台にし、中国共産党による改革への支持を示している。

5月4日
ファーバー神父（1814-1863）は1800年代後半の英国のカトリック神父。聖歌を書いたことで知られている。もっとも有名な聖歌は"Faith of Our Fathers"である。

5月5日
ヴィンス・ロンバルディについては4月11日を参照。

5月6日
荘子（紀元前369-紀元前286）は中国、戦国時代の思想家。道教の始祖の1人とされる。著書『荘子』は瞑想、中庸、慈悲、謙虚さ、自然との一体化により、

「道」と調和していかに生きるかを例示した説話集。

5月8日
C・S・ルイス（1898-1963）はアイルランド生まれの作家で、『ナルニア国物語』の作者として知られている。ケンブリッジ大学とオックスフォード大学に勤務し、そこで同僚であった作家J・R・R・トールキンと親交を持っていた。

5月9日
ラルフ・ワルド・エマーソンについては3月7日を参照。

5月10日
ジャラール・ウッディーン・ルーミー（1207-1273）は13世紀のペルシャ語を使用するスーフィズムの詩人。その作品は多くの言語に翻訳されている。彼の詩の多くは、神との一体化への回帰を願うことがテーマとなっている。

5月12日
J・R・ミラー（1840-1912）は米国の著述家。キリスト教関係の文献でよく知られている。ミラーは米国長老派教会に属しペンシルベニア州とイリノイ州のいくつかの教会で牧師を務めた。本書の引用句は、"The Beauty of Kindness"より引用。

5月13日
ヘレン・ケラー（1880-1968）は著述家、政治活動家。生後19か月で視覚と聴覚を失い、幼児期は人とコミュニケーションを取ることができなかった。6歳のとき、家庭教師アン・サリバンが忍耐強くヘレンに指で言葉を教えた。ヘレンは大学を卒業し、視覚障害者、女性の権利、労働者の権利を主張する活動家となる。

5月15日
ミア・ファロー（1945-）は女優、活動家で、40本を超える映画に出演した。『華麗なるギャツビー』や『ローズマリーの赤ちゃん』で有名。本書の引用句はエスクァイヤ誌のインタビュー記事『ミア・ファロー：私が学んだこと』2006年6月号より。

5月17日
ジョナサン・ウィンターズ（1925-2013）は米国のコメディアンで、コメディ・アルバムや多くの映画、テレビ番組への出演で知られている。

5月18日
ジョン・レノン（1940-1980）は伝説的な英国のロックバンド、ビートルズの一員（1月6日参照）。ビートルズ在籍当時、またソロ活動をはじめた1970年以降、レノンは戦争に反対する主張でもよく知られていた。本書の引用句は『平和を我等に』より。

5月19日
ロバート・バーン（1930-2016）は米国のビリヤードのインストラクター、作家。"The 637 Best Things

Anybody Ever Said"など、ユーモアに富んだ言葉で知られている。

5月20日
W・E・B・デュボイス（1868-1963）はアフリカ系アメリカ人作家、教師、公民権運動活動家であり、全米黒人地位向上協会の共同創立者でもある。著作や講義を通し、人種差別的内容をふくむ米国南部の州法の撤廃を主張した。本書の引用句は「世界への最後のメッセージ」として1957年に書かれたもので、自身の葬式で読まれた。

5月23日
マルクス・アウレリウス・アントニヌス（121-180）はローマの皇帝であり、在位期間は161年から180年である。もっとも有名な作品は『自省録』で、禁欲主義と自己統制を通じて得られる徳が幸福になるために重要であるという信念が書かれている。

5月24日
ピタゴラス（紀元前570-紀元前496頃）はギリシャの哲学者で、数学、科学、ピタゴラスの定理などの幾何学への貢献で知られている。

5月25日
デジデリウス・エラスムス（1466-1536）はオランダの哲学者、ヒューマニスト、教師。新約聖書のラテン語版とギリシャ語版を出版した。その他の著作に『自由意志』、『痴愚神礼賛』などがある。

5月29日
白洲正子（1910-1998）は日本の随筆家。古典や古美術、骨董に造詣が深く、日本の伝統文化の幅広い分野で執筆している。本書の言葉は『いまなぜ白洲正子なのか』（東京書籍）より引用。

5月30日
マシュー・アーノルド（1822-1888）はヴィクトリア朝時代の英国の詩人であり、文学批評家でもあった。本書の引用句は『エトナ山上のエンペドクレスその他』より。

5月31日
シャルル・ボードレール（1821-1867）は19世紀フランスの偉大な詩人で、詩集『悪の華』が知られている。その他の著作に『パリの憂鬱』など。

6月1日
ポリフォリック・スプリーは、コーラス・ロック・グループ。リードシンガー、ティム・デラフター（1965-）により2000年に結成された。本書の引用句は"Light and Day/Reach for the Sun"より。

6月3日
アッシジの聖フランシスコ（1181-1226）はカトリックの修道士で、貧しい人びとにつかえるため、裕福で特権階級の生活を投げだした。自然を愛したことから動物の守護聖人としても知られている。フランシ

スコ修道会の創設者でもある。

6月4日
ボブ・マーリー（1945-1981）はジャマイカのレゲエ・シンガー、ソングライター。世界的にヒットを重ねたミュージシャンである。自身の音楽にスピリチュアルな信条を持ち込み、物質主義を拒絶した。本書の引用句は "Three Little Birds" より。

6月6日
リチャード・ロジャース（1902-1979）とオスカー・ハマースタイン（1895-1960）は作曲家、作詞家のペアで、20世紀の著名なブロードウェイ・ミュージカルの歌を作詞作曲した。2人が関わった作品には『王様と私』、『サウンド・オブ・ミュージック』などがある。本書の引用句は、『サウンド・オブ・ミュージック』（1959）より『すべての山に登れ』の歌詞の一部。

6月7日
チャールズ・キャロル（1737-1832）は合衆国独立宣言署名者の1人。1789年から1792年までメリーランド州上院議員を務めたキャロルは、米国の英国からの独立の支持者であった。

6月8日
ラルフ・ワルド・エマーソンについては3月7日を参照。

6月9日
ルイス・キャロル（1832-1898）、本名チャールズ・ドジソンは英国の作家で、『不思議の国のアリス』、『鏡の国のアリス』で知られている。有名な数学者でもあり、卓越したアマチュア写真家でもあった。

6月10日
ヘンリー・フォード（1863-1947）は、米国の自動車会社フォード・モーターの創設者。フォードは、組み立てについて大量生産方式を発達させる過程で、裕福な人だけが対象ではない大衆のための車、モデルTと呼ばれる自動車を製作することができた。

6月12日
アルベルト・アインシュタイン（1879-1955）はドイツ出身の物理学者で、彼の相対性理論は現代科学の基礎となった。1921年にノーベル物理学賞を受賞している。本書の引用句は『わが世界観』より。

6月14日
マハトマ・ガンジーについては4月6日を参照。

6月15日
ヨハネス・ケプラー（1571-1630）はドイツの科学者。天体の運行法則を発見した。地球をふくむ惑星は太陽のまわりを回っているというものである。ケプラーの業績は、アイザック・ニュートンの重力の法則に重大な影響をあたえた。

6月18日
ドゥニ・ディドロ（1713-1784）はフランスの作家、啓

蒙思想の哲学者。百科全書派――複数の著者が執筆に貢献したはじめてのもの――の共同設立者で、これは世界中の知識を総動員するという試みだった。

6月19日
ラビンドラナート・タゴール（1861-1941）はインドのベンガル地方出身の詩人であり作家。1913年にノーベル文学賞を受賞。1915年に英国政府によりナイトの称号をあたえられたが、英国による統治に抗議するため返上し、インドの独立を支持した。

6月20日
ビオレータ・パラ（1917-1967）はチリのフォルクローレの音楽家、民族音楽学者、作詞家、作曲家。有名な作品に『人生よありがとう（グラシアス・ア・ラ・ビーダ）』がある。本書の引用句は上記『人生よありがとう』より。

6月21日
ミケランジェロ・ブオナローティ（1475-1564）は、イタリアの彫刻家、画家、建築家。ローマのシスティナ礼拝堂の天井に描かれた壮大なフレスコ画は、祭壇壁画『最後の審判』とならび、美術史におけるもっとも有名な作品のひとつである。フィレンツェのアカデミア美術館収蔵の彫刻『ダヴィデ像』は、世界でも特に有名。

6月23日
J・R・R・トールキンについては1月17日を参照。

6月24日
エミール・クーエ（1857-1926）はフランスの薬剤師で、心理療法を最初に提案した人物である。クーエが考案した自己暗示法は、全般的なよい精神状態と健康を得るため『毎日、あらゆる面で、私はますますよくなっていく』を自分に対してくりかえすというもの。

6月27日
ウィリアム・モリス（1834-1896）は英国のテキスタイルデザイナーで、英国のアーツ・アンド・クラフツ運動に密接に関わった。詩人、小説家、社会活動家でもあった。

6月28日
ガイウス・プリニウス・セクンドゥス（23-79）は大プリニウスとも呼ばれる、古代ローマ時代の博物学者、政治家。37巻の大著『博物誌』は、百科事典のモデルとなった。

6月29日
ハリール・ジブラーンについては1月9日を参照。

7月1日
アン・ハーバート（1952-）は米国の文筆家、編集者。『きままに やさしく いみなく うつくしく いきる』の作者。本書の格言は、1995年春の Whole Earth Review 誌に掲載された、"Handy Tips on How to Behave at the Death of the World" より。

7月2日
デビッド・ロイド・ジョージ（1863-1945）は英国の政治家。第一次世界大戦中および直後に首相を務めた。1919年のパリ講和会議に出席し、ドイツ敗戦後のヨーロッパの戦後処理を主導した。

7月3日
アルフレッド・アドラー（1870-1937）は、オーストリアの心理療法士、医者。自分が劣ると思うことが人格形成においておよぼす役割を明らかにし、「劣等感」という概念を発見した。本書の引用句は『人はなぜ神経症になるのか』より。

7月4日
サミュエル・ジョンソン（1709-1784）は英語辞典を編纂したことで知られる英国の文学者。彼の辞典は、オックスフォード英語辞典が完成するまでの150年間、もっとも権威ある英語の辞書だった。

7月5日
レス・ブラウン（1945-）は、米国の自己啓発講演家。恵まれない幼少期にも関わらず成功を収めた自身の話で、多くの人びとを勇気づけ、「自分の限界をこえて偉大なものへ踏み込め」と励ましている。

7月7日
ヘンリー・ウォード・ビーチャー（1813-1887）は米国の聖職者で、奴隷制廃止運動の支持者であった。ニューヨーク市ブルックリンのプリマス教会の最初の牧師となり、「福音の愛」を説く率直な説教で有名だった。姉のハリエット・ビーチャー・ストウは、小説『アンクル・トムの小屋』で有名な作家。

7月8日
ジェームス・M・バリー（1860-1937）は、スコットランドの小説家、劇作家。1911年に出版した、魔法の国ネバーランドに住むピーター・パンといういたずら好きの少年の物語『ピーター・パン』で知られる。

7月9日
開高健（1930-1989）は日本の作家。『裸の王様』で1957年芥川賞を受賞、戦後文学の担い手の1人となる。本文中の引用句は、好んで色紙に書いていた言葉から。この言葉はマルティン・ルターという宗教改革者の言葉でもある。

7月10日
オルダス・ハクスリー（1894-1963）は英国の作家。代表作はディストピア小説の名作『すばらしい新世界』。自然生殖が存在せず、思考や個性が消された未来世界の物語である。本書の格言は『時は停まるにちがいない』より。

7月13日
アーヴィング・ストーン（1903-1989）は米国の作家。『ミケランジェロの生涯 苦悩と歓喜』、『炎の人ゴッホ』など、有名な芸術家の伝記で知られる。

7月14日
ミゲル・デ・セルバンテス（1547-1616）はスペインの作家。代表作『ドン・キホーテ』はスペイン文学の金字塔と言われ、1965年ブロードウェイ初演のミュージカル『ラ・マンチャの男』の原作にもなった。

7月15日
アンソニー・ロビンズ（1960-）は、米国の自己啓発文筆家。代表作は "Ultimated Power"。

7月16日
マーティン・チャーニン（1934-）はブロードウェイ・ミュージカル『アニー』の製作者。原作は、ハロルド・グレイの新聞連載漫画『小さな孤児アニー』で、赤毛の孤児の女の子アニーが主人公の物語である。本書の引用句は、1977年初演のこのミュージカルの劇中歌『トゥモロー』より。

7月17日
チャールズ・ディケンズ（1812-1870）は英国の作家。代表作の『クリスマス・キャロル』、『二都物語』、『オリバー・ツイスト』などは、英語で書かれた文学作品の代表的作品として、長いあいだ読まれ続け、高い評価を受けている。本書の格言は、『デイヴィッド・コパフィールド』より。

7月18日
寺田寅彦（1878-1935）は日本の物理学者・随筆家。高校時代に夏目漱石の教えを受ける。専門知識を生かした科学随筆を多数残した。本文中の言葉は、随筆『破片』より。

7月19日
ジョン・ミルトン（1608-1674）は英国の詩人。ピューリタン革命、チャールズ1世の処刑、王政復古と続いた政治的動乱の時代に活躍した。王を排除した英国の共和体制、オリバー・クロムウェルの支配する共和政を支持した。代表作『失楽園』は、旧約聖書の「失楽園の物語」に基づく叙情詩。

7月21日
ウェイン・グレツキー（1961-）はカナダの元プロアイスホッケー選手。数かずの優勝記録と受賞歴を持ち、1999年現役引退後に殿堂入りを果たした。

7月22日
スコット・アダムス（1957-）は米国の漫画家。大企業の職場を風刺する新聞漫画 "Dilbert" の作者として知られる。

7月24日
セオドア・ルーズベルト（1858-1919）はアメリカ合衆国第26代大統領。1901年ウィリアム・マッキンリー大統領が暗殺され、副大統領だったルーズベルトが大統領に就任した。コロンビアに介入してパナマ運河建設権と引き換えにパナマ共和国を独立させるなど、強力な外交政策で知られた。国立公園の保護や国有林の拡大など、自然資源の保護に尽力した。

7月25日
ジェームズ・ミッチェナー（1907-1997）は、米国の小説家。大変多作で、おもに海外を舞台にした何世代にもわたる家族の歴史物語を書いた。『南太平洋物語』は1948年ピュリッツアー賞を受賞。本書の格言は『スペース』より。

7月26日
ジョン・ラスキン（1819-1900）は英国ヴィクトリア時代の美術評論家、社会思想家。社会における芸術と自然の役割について探求し、芸術経済論を展開した。本書の格言は『この最後の者にも』より。

7月27日
マイク・ディトカ（1939-）は米国の元アメフト選手、コーチ。1960年代に選手として活躍し、1980年代にシカゴベアーズのコーチに就任。プロフットボールとカレッジフットボールの両方で殿堂入りを果たした。

7月29日
カール・セーガンについては1月8日を参照。

7月30日
ジェームス・M・バリーについては7月8日を参照。

7月31日
E・M・フォースター（1879-1970）は英国の小説家。代表作は『ハワーズ・エンド』、『眺めのいい部屋』。13回もノーベル文学賞候補となったが、受賞することはなかった。この本に掲載した格言は、1985年に出版された書簡集にある、1957年12月12日付ウィリアム・ブローマー宛の書簡より引用。

8月1日
フランク・ハーバート（1920-1986）は、米国のSF作家。「デューン」シリーズは、砂漠の惑星アラキスに住むアトレイデス家の人びとの壮大な物語。本書の格言は、『デューン／砂の惑星』より。

8月2日
ルイーザ・メイ・オルコット（1832-1888）は米国の作家。ニューイングランドの思想運動であった超越主義思想を実践する家庭に生まれ、エマーソン、ソロー、ホーソーンはこの一家の友人であった。代表作は『若草物語』。

8月3日
ノーマン・カズンズ（1915-1990）は米国のジャーナリスト、文芸評論家、平和活動家。ニューヨーク・イヴニング・ポスト紙、サタデー・レビュー・オブ・リテラチャー誌に勤めた。1964年、45歳のときに不治の病で余命わずかと告げられたが、ビタミンCの大量摂取やマルクス兄弟の喜劇映画を見続けるなどという、型やぶりな方法で病気と闘い、それから26年生きながらえた。

8月4日
アルフレッド・テニスン卿（1809-1892）は、ヴィクト

リア朝時代の英国の詩人。『一度も愛したことがないよりは、愛して失った方が、どれほどましなことか』などが有名である。

8月5日
松尾芭蕉（1644-1694）は、もっとも世界的に有名な日本の俳人。10代のころから俳句に親しみ、のちに旅の途中で俳句の発想を得ていった。古今最高の俳人とみなされ、俳聖と呼ばれる。

8月6日
メアリー・アン・ラドマチャーは、米国の自己啓発書の作家、画家。約10冊の著書がある。

8月7日
アリス・ウォーカー（1944-）は高く評価されている米国の小説家、政治活動家であり、全米図書賞、ピュリッツァー賞の受賞者でもある。大成功をおさめた小説『カラー・パープル』はベストセラーになり、映画やブロードウェイ・ミュージカルにもなった。本書の引用句は、上記『カラー・パープル』より。

8月8日
アンドレ・ジッド（1869-1951）はフランスの小説家、随筆家。『背徳者』、『狭き門』等、多数の著書がある。1947年ノーベル文学賞受賞。本書の格言は1925年に出版された『贋金つかい』より引用。

8月9日
A・C・フィフィールドは、英国の出版社 A・C・フィフィールド社の創設者。

8月10日
ダグ・フロイドはコミュニケーションの重要さを教える米国の自己啓発家。コミュニケーションを通して、集団や個人の最大の能力を引き出すことを奨励している。

8月11日
E・B・ホワイト（1899-1985）は米国の作家。世界中で愛されている『シャーロットのおくりもの』、『スチュアートの大ぼうけん』の作者。

8月12日
ジョージ・バーナード・ショー（1856-1950）は、アイルランドの劇作家で、60以上の戯曲作品を残した。もっとも有名な作品『ピグマリオン』は、アカデミー賞受賞の映画『マイ・フェア・レディ』の原作。本書の引用は、1921年初演の『メトセラへ還れ』より。

8月13日
ジャナ・スタンフィールドはミュージシャン、自己啓発講演家。アンディ・ウィリアムスらのために歌を作り、米国中で人びとを励ます歌を歌い、講演を行っている。

8月15日
三木清（1897-1945）は日本の哲学者。京都大学

• 439 •

卒業後、ドイツ、フランスに留学し、リッケルト、ハイデッガーらに師事する。著書に『人生論ノート』など。反戦容疑で逮捕され、終戦直後の9月、獄中で病死した。本文中の言葉は『学問論』より引用。

8月16日
バルタサル・グラシアン（1601-1658）は、スペインの哲学者、文筆家、司祭。イエズス会の神学校で教え、印象深い説教で知られた。代表作『人生の旅人たち：エル・クリティコン』は、奇想天外な寓話小説である。

8月17日
A・A・ミルンについては1月19日を参照。

8月18日
ジョゼフ・ジュベア（1754-1824）はフランスの著述家であったが、存命中は何も出版されることがなかった。幅広い分野の思考を記録した日誌は、彼の死後、1838年に出版された。

8月19日
ネルソン・マンデラについては2月19日を参照。

8月20日
ブルース・リー（1940-1973）は米国生まれの中国人武術家・俳優。映画『燃えよドラゴン』、『ドラゴン怒りの鉄拳』など5作品をプロデュース、主演した。

8月23日
山元常朝（1659-1719）は、江戸時代の武士、佐賀藩士。本文中の言葉は『葉隠』から引用。『葉隠』は山本常朝が武士としての心得を口述し、それを同藩士田代陣基が筆録したもの。

8月24日
ジョン・ダンについては1月4日を参照。

8月30日
マルクス・アウレリウス・アントニヌスについては5月23日を参照。

8月31日
アルフレッド・テニスン卿については8月4日を参照。

9月1日
ウェイン・W・ダイアー（1940-2015）は米国の自己啓発講演家で、40冊以上の本を執筆。『思い通りに生きる人の引き寄せの法則』はベストセラーとなった。本書の格言は、2010年4月のブログより。

9月2日
ホラティウス（紀元前65-紀元前8）は古代ローマのアウグストゥス時代における名高い詩人の1人。彼の作品には、ベン・ジョンソン、ロバート・フロストら後世の多くの詩人が影響を受けた。

9月3日
エウリピデス（紀元前485-紀元前406頃）は、古代ギリシャの劇作家。悲劇作品、特に『メデイア』、『トロイアの女』、『アウリスのイピゲネイア』が有名である。

9月4日
ジョージ・バーナード・ショーについては8月12日を参照。

9月5日
ハリール・ジブラーンについては1月9日を参照。

9月6日
ダンテ・アリギエーリについては2月9日を参照。

9月9日
ファーバー神父については5月4日を参照。

9月10日
フレデリック・ダグラス（1817-1895）は、奴隷廃止運動の活動家、作家。奴隷として生まれ、逃亡し、のちに奴隷制反対の演説やベストセラーとなった自伝『数奇なる奴隷の半生』により、人びとの奴隷に対する否定的偏見を打ちこわした。本書の格言は、1857年8月3日の英領西インド植民地の奴隷制廃止についての演説から。

9月11日
ウォルト・ホイットマンについては3月3日を参照。

9月12日
ベラ・アブザグ（1920-1998）は、女性の権利向上を訴えた活動家、米国下院議員。全米婦人政治連盟（NWPC）や女性環境開発組織（WEDO）の創設メンバーで、世界の女性の権利向上を働きかけた。

9月14日
タビス・スマイリー（1964-）は、米国の作家、テレビ司会者。1980年代に、ロサンゼルス市長トム・ブラッドリーの補佐を務めた。その後、ラジオ番組やテレビ番組の司会を務めている。

9月15日
ケン・ベンチュリ（1931-2013）は米国の元プロゴルファー、ゴルフ解説者。1956年にアマチュアとして出場したマスターズで準優勝し、一躍有名になった。

9月17日
アリストテレス（紀元前384-紀元前322）は、古代ギリシャの哲学者。プラトンの弟子。著作家であり教師であった。数かずの著作は、科学理論、詩、倫理、よりよい生き方についてなど、さまざまな分野にわたって書かれている。

9月18日
ドクター・スース（1904-1991）は、米国の絵本作家。作品に『キャット・イン・ザ・ハット』、『ぞうのホートンひとだすけ』、『いじわるグリンチのクリスマス』など。

・440・

9月19日
アーサー・コナン・ドイル（1859-1930）は英国の作家。代表作である『シャーロック・ホームズ』シリーズは、推理小説史上もっとも成功したシリーズのひとつ。本書の格言は『バスカヴィル家の犬』より引用。

9月20日
ヘレン・ケラーについては5月13日を参照。

9月21日
マイケル・P・ワトソンは不動産投資家、作家、講演者。不動産投資のコツや活用方法を伝授するワークショップを多数開催。

9月22日
ヘンリー・デイヴィッド・ソローについては4月8日を参照。

9月23日
キング牧師（1929-1968）は米国の公民権運動の指導者。アフリカ系アメリカ人の権利向上を訴えた。1963年、有名な"I Have a Dream（私には夢がある）"の演説を行った。1964年ノーベル平和賞受賞。その4年後、39歳で暗殺された。本書9月23日の格言は1964年12月10日のノーベル平和賞受賞スピーチからの引用、12月12日の格言は1960年9月6日に全国都市同盟（NUL）50周年記念会議における演説からの引用。

9月25日
カール・サンドバーグ（1878-1967）は、米国の作家、詩人。3度ピュリッツアー賞を受賞した。本書の格言は、1922年に出版された詩集 "Slabs of the Sunburnt West" より引用。

9月27日
ウィリアム・ワーズワース（1770-1850）は英国の代表的なロマン派詩人。有名な『序詩（The Prelude）』は彼の死後出版された。

9月28日
宮沢賢治（1896-1933）は、日本の詩人、童話作家。郷土岩手の農村の指導者として献身した。著作に『風の又三郎』、『銀河鉄道の夜』、『注文の多い料理店』など。本文中の言葉は『銀河鉄道の夜』より引用。

9月30日
アンリ・マティス（1869-1954）はフランスの画家。パブロ・ピカソ、マルセル・デュシャンらとともに、現代美術において革新的な動きをはじめた人物とみなされている。輪になって踊る者たちを青い背景に描いた代表作『ダンス』などは、今日でも世界的に高く評価され続けている。

10月2日
G・K・チェスタトン（1874-1936）は英国の作家。熱心なカトリック信者であり、また富の配分をうたう配分主義を支持した。本書の格言は、1922年4月29

日付の週刊新聞イラストレイテッド・ロンドン・ニュース紙より引用。

10月7日
サリー・コークは、イエズス会ボランティア団体で活躍する人物。

10月8日
オースティン・クレオンについては4月29日を参照。

10月9日
ヨハン・ヴォルフガング・フォン・ゲーテについては3月27日を参照。

10月10日
エイミ・タン（1952-）は中国系アメリカ人作家。代表作『ジョイ・ラック・クラブ』は1993年に映画化され、35か国語に翻訳されている。『キッチン・ゴッズ・ワイフ』、『私は生まれる見知らぬ大地で』などを執筆している。

10月11日
ジョン・バローズ（1837-1921）は米国の随筆家。自然を主題とする著作活動を行い、米国の自然保護運動の早期の提唱者であった。

10月12日
ファーバー神父については5月4日を参照。

10月15日
ヴォルテールについては3月15日を参照。

10月16日
ヴィクトル・ユーゴーについては1月29日を参照。

10月18日
松亭金水（1795-1862）は江戸時代後期の読本・人情本作家。本書の言葉は『閑情末摘花』より引用。

10月19日
ハリー・スタイルズ（1994-）は英国の歌手。大人気のバンド、ワン・ダイレクションのメンバー。数かずのテレビ番組、映画に出演している。

10月20日
ピンダロス（紀元前522-紀元前442）は古代ギリシャの詩人。著名な人物を称える頌歌が有名である。

10月21日
カール・セーガンについては1月8日を参照。

10月23日
イアン・マクラーレン（1850-1907）は、スコットランドの作家で神学者のジョン・ワトソン牧師のペンネーム。本書で引用した言葉の出どころには諸説あり、プラトンの言葉と言われることもあるが、"Be pitiful, for everyone you meet is fighting a hard battle（情け深くありなさい。あなたが出会う人はみな、きびし

・*441*・

い戦いのさなかにいるのだ)" というマクラーレンの言葉がもとであると考えられる。

10月24日
ヴィクトル・ユーゴーについては1月29日を参照。

10月25日
ヘレン・ケラーについては5月13日を参照。

10月26日
アントワーヌ・ド・サン＝テグジュペリ (1900-1944) はフランスの作家、操縦士。250か国語以上に翻訳された『星の王子さま』の作者として知られている。第二次世界大戦中に自由フランス空軍に志願して北アフリカへ赴いたが、1944年、偵察任務中に行方不明となった。本書の格言は、1943年に出版された『星の王子さま』より。

10月27日
モリス・マンデル (1911-2009) は米国の作家、教育者。50年近く、ユダヤ人向けの新聞にコラムを掲載した。

10月29日
アルベルト・シュヴァイツァーについては4月23日を参照。

10月30日
ケイティ・ペリー (1984-) は、米国のシンガーソングライター。『カリフォルニア・ガールズ』など、次つぎにヒットチャート首位を果たした。ユニセフ親善大使であるとともに、多くの慈善組織のための活動を行っている。

10月31日
ヒュー・ブラック (1868-1953) は英国の神学者、文筆家。何冊かの本と教会説教を執筆した。

11月1日
孔子については3月9日を参照。

11月2日
ルキウス・アンナエウス・セネカについては1月27日を参照。

11月4日
オプラ・ウィンフリー (1954-) は米国の慈善家、テレビ司会者、文筆家、女優。米国テレビ史上もっとも人気のあるトーク番組と評される「オプラ・ウィンフリー・ショー」で知られている。貧しい環境で育ったが、現在は億万長者であり、南アフリカに女子校を開校するなど、財産と時間の多くを慈善事業に費やしている。

11月5日
エルネスト・サバト (1911-) はアルゼンチンの作家、評論家。

11月6日
ヒュー・プラザー (1938-2010) は米国の文筆家。もとは日記であったものが、ベストセラーとなった『わたしの知らないわたしへ──自分を生きるためのノート』の作者として知られる。

11月9日
ミルトン・バール (1908-2002) は米国の俳優、コメディアン。1950年代、テレビのコメディ番組で司会を務めた。映画『おかしなおかしなおかしな世界』などに出演。

11月10日
マルクス・アウレリウス・アントニヌスについては5月23日を参照。

11月11日
ダライ・ラマ14世については3月10日を参照。

11月12日
ドーディンスキーは、ブログからはじまって書籍化された、ニューヨークタイムズ紙のベストセラー "In the Garden of Thoughts" の著者。

11月13日
ロバート・ブロー (1963年 -) は、米国の歌手、自己啓発作家。40年以上、雑誌や新聞に執筆しつづけている。この本での引用は、2009年11月に書かれた彼のブログから。

11月14日
テイラー・スウィフト (1989-) は米国のシンガーソングライター。グラミー賞を10度受賞し、音楽史上最年少で最優秀アルバム賞を受賞。世界中に熱烈なファンが数多くいる。

11月15日
ハリー・スタイルズについては10月19日を参照。

11月16日
リーバ・マッキンタイア (1955-) は米国のカントリー・ミュージックのシンガーソングライター。グラミー賞2回をはじめ、数かずの賞を受賞している。本書の格言は、自伝 "Reba: My Story" より引用。

11月17日
メリー・ベーカー・エディ (1821-1910) は、クリスチャン・サイエンス教会の創立者。

11月18日
スティーブ・マラボリは自己啓発の講演家、作家。慈善団体を創設し、40か国以上で人道的活動を行っている。

11月19日
サミュエル・テイラー・コールリッジ (1772-1834) は英国の詩人であり、英国のロマン主義運動の先駆けとなった。代表作は『老水夫行』。

・442・

11月21日
アラン・ブーブリル（1941-）は、ミュージカル『レ・ミゼラブル』のフランス語オリジナル版の歌詞と脚本を書いた。原作は、ヴィクトル・ユーゴーの小説である。本書の格言は、1980年初演のミュージカル『レ・ミゼラブル』の劇中歌『エピローグ』より引用。

11月22日
エリック・ホッファー（1902-1983）は米国の社会哲学者、著述家。労働者階級の家庭に生まれ、学校教育を一切受けず、港湾労働を続けながら独学で思想を展開した。本書の格言は、1955年に発表された『情熱的な精神状態』より引用。

11月23日
クリーブランド・エイモリー（1917-1998）は、米国の作家、テレビ司会者、動物愛護活動家。虐待を受けたり、処分される予定だったりする、1000匹を越える動物たち（野生動物、飼育動物ともに）を救い出し、保護している。

11月24日
マルセル・プルースト（1871-1922）は、フランスの小説家。大作『失われた時を求めて』は、フランス文学を代表する名作のひとつと考えられている。

11月25日
ヘンリー・ワーズワース・ロングフェロー（1807-1882）は、米国の詩人、奴隷制廃止運動家。ダンテの『神曲』を英訳した最初のアメリカ人としても知られている。体表的な詩は『ハイアワサの歌』など。この本の格言は、1845年発表の詩『矢と歌』より。

11月28日
ビヴァリー・シルズ（1929-2007）は米国のオペラ歌手。40年以上も第一線で活躍し、米国でのオペラの人気向上に貢献した。1980年に引退したあとは、ニューヨーク・シティ・オペラの運営に携わり、リンカーン・センターの会長、後にメトロポリタン歌劇場の運営にも関わった。

11月30日
クリストファー・モーリー（1890-1957）は米国の作家、編集者。サタデイ・レビュー・オブ・リテラチャー誌、ニューヨーク・イブニング・ポスト紙、その他の作品集、書評の編集者としても活躍した。

12月1日
ウェルギリウス（紀元前70-紀元前19）は、古代ローマ、アウグストゥス時代の詩人。代表作は『アエネーイス』。本書の格言は、紀元前30年から紀元前19年頃に執筆された『アエネーイス』第10巻より引用。

12月2日
夏目漱石（1867-1916）は日本の英文学者・小説家。森鷗外と並ぶ、明治時代の代表的な文学者。著書に『吾輩は猫である』、『坊っちゃん』、『こころ』など。本文中の言葉は『それから』より引用。

12月4日
ルイーザ・メイ・オルコットについては8月2日を参照。

12月5日
ウィリアム・ワーズワースについては9月27日を参照。

12月6日
チャールズ・スポルジョン（1834-1892）は英国の文筆家、牧師。心を打つ力のこもった説教で知られた。小さなバプティスト教会の牧師となり、その後ロンドンで伝道をはじめ、やがて1万人以上の聴衆が集まるようになった。

12月7日
トーマス・ジェファーソン（1743-1826）は第3代アメリカ合衆国大統領。独立宣言の主な起草者で、米国建国の父の1人として知られる。多くの著作を残すと同時に啓蒙思想も支持し、人びとの生活状況の改善に役立つ科学の力にも信頼を寄せていた。

12月10日
ヘンリー・ウォード・ビーチャーについては7月7日を参照。

12月11日
ウォルト・ディズニー（1901-1966）は米国の映画プロデューサーであり、兄とともにウォルト・ディズニー・カンパニーを設立した。数多くの傑作アニメ映画を製作し、ミッキー・マウス、ドナルド・ダックなどの人気キャラクターをも生み出した。アカデミー賞を22回、エミー賞を7回受賞。

12月12日
キング牧師については9月23日を参照。

12月13日
C・S・ルイスについては5月8日を参照。

12月14日
高村光太郎（1883-1956）は日本の詩人・彫刻家。詩集に『智恵子抄』、『道程』など。本文中の言葉は詩『道程』より引用。

12月16日
サム・レヴェンソン（1911-1980）は米国の詩人、テレビ司会者、ジャーナリスト。本文中の言葉は、詩『時の試練をへた人生の知恵』より引用。

12月17日
エミリー・セント・ジョン・ブートン（1837-1927）は米国の教育者、ジャーナリスト。編集者、作家としても活躍した。

12月18日
マヤ・アンジェロウ（1928-2014）は米国の作家、人権活動家。代表作『歌え、翔べない鳥たちよ』は、現在世界中の大学で教材に使われている。詩集"Just Give Me a Cool Drink of Water 'fore I Diiie"で、ピュ

リッツァー賞にノミネートされた。本書の格言は、
1969年発表の『歌え、翔べない鳥たちよ』より引用。

12月20日
マハトマ・ガンジーについては4月6日を参照。

12月22日
デズモンド・ツツ（1931-）は南アフリカの人権活動
家、作家、アパルトヘイト撤廃運動指導者。黒人初
のケープタウン大主教となり、その名声により平等を
求める運動を率い、海外諸国に南アフリカへの経済
制裁を呼び掛けた。1984年にノーベル平和賞受賞。

12月23日
デモクリトス（紀元前460-紀元前370頃）は古代ギリ
シャの哲学者。宇宙は原子で構成されているという
原子論で知られる。量子力学の進歩により、現代の
原子論が精密な数学的科学になる2000年も前のこ
とである。

12月24日
アテナイオスは古代ギリシャの文人。食べ物をふく
むさまざまな分野について賢人たちが語る、『食卓
の賢人たち』全15巻の作者として知られている。こ
の作品は、当時の約800件におよぶ文献からの引用
が使われ、のちの研究者に大変役立つ資料となった。

12月25日
茨木のり子（1926-2006）は日本の詩人、エッセイス
ト、童話作家。1953年に同人誌「櫂」を創刊、そこ
から多数の詩人を輩出した。本文中の言葉は詩『自
分の感受性くらい』より引用。

12月26日
フィリップ・ジェイムズ・ベイリー（1816-1902）は
英国の詩人。代表作は、ファウスト伝説に基づく
"Festus"という1839年に発表された長詩。本書の格
言も"Festus"より引用。

12月29日
池田晶子（1960-2007）は日本の哲学者、文筆家。
慶應義塾大学文学部哲学科卒業。大学時代は哲学
者木田元に師事する。本文中の言葉は『14歳の君
へ』（毎日新聞社）より引用。

12月30日
ノエル・クララソ（1899-1985）はスペインの作家、
脚本家。サイコスリラーからガーデニングまで、幅広
い分野で数かずの執筆を行い、独自のユーモアで知
られている。

12月31日
マザー・テレサについては3月20日を参照。

CONTRIBUTORS OF ORIGINAL PRECEPTS, ARTWORK, AND LETTERING

JANUARY 2: Roald Dahl quote contributed by Nate, age 10, Brooklyn, N.Y.

JANUARY 11: Paul Brandt quote contributed by Elia, age 13, Regina, Sask., Canada.

JANUARY 26: Oscar Wilde quote contributed by Faith, Greensboro, N.C.

JANUARY 31: Original precept by Dominic, Bennington, Vt.

FEBRUARY 4: Original precept by Madison, age 11, Port Jefferson, N.Y.

FEBRUARY 7: Original precept by Emily, age 11, Port Jefferson Station, N.Y.

FEBRUARY 10: Original precept by Rebecca, age 10, Troy, Mich.

FEBRUARY 13: Original precept by Lindsay, age 11, Troy, Mich.

FEBRUARY 16: Lloyd Jones quote contributed by Liam, age 13, Regina, Sask., Canada.

FEBRUARY 17: Original precept by Jack, age 11, Hudson, Mass.

FEBRUARY 23: Original precept by Shreya, age 10, Troy, Mich.

MARCH 5: Original precept by Antonio, age 11, San Ramon, Calif. Art by Joseph Gordon.

MARCH 7: Ralph Waldo Emerson quote contributed by Linh, age 13, Regina, Sask., Canada.

MARCH 13: Henry Stanley Haskins quote contributed by Deacon, age 12, Regina, Sask., Canada.

MARCH 18: Original precept by Cate, age 10, Nashville, Tenn.

MARCH 19: Original precept by Isabelle, age 10, Washington, D.C.

MARCH 21: Original precept by Matthew, age 11, Lanoka Harbor, N.J.

MARCH 22: Original precept by Thomas, St. George, Utah.

MARCH 24: Chinese proverb contributed by Nathan, age 13, Regina, Sask., Canada.

MARCH 25: Original precept by Ella, Bay Village, Ohio.

MARCH 31: Original precept by Kyler, age 10, Merrick, N.Y.

APRIL 5: Original precept by Delaney, age 10, Lanoka Harbor, N.J.

APRIL 6: Mahatma Gandhi quote contributed by Rosemary, age 10, Nashville, Tenn.

APRIL 11: Vince Lombardi quote contributed by Zachary, age 13, Regina, Sask., Canada.

APRIL 13: Original precept by Rory, age 11, Chicago, Ill.

APRIL 16: Ziggy quote contributed by Kate, age 11, Chicago, Ill.

APRIL 17: Artwork by Matthew, age 11, Jackson Heights, N.Y.

APRIL 19: Original precept by Anna, age 10, Glenview, Ill.

MAY 5: Vince Lombardi quote contributed by Emma, age 10, Dresden, Ohio.

MAY 7: Original precept by Grace, age 12, Croton-on-Hudson, N.Y.

MAY 14: Original precept by Dustin, Bennington, Vt.

MAY 16: Original precept by Gavin, age 10, Wilmette, Ill.

MAY 21: Original precept by Srishti, age 10, Troy, Mich.

MAY 27: Original precept by Flynn, age 10, Bowdoinham, Me.

MAY 28: Original precept by Madeline, age 11, Quebec, Canada.

JUNE 4: Bob Marley quote contributed by Angelina, age 11, Jackson Heights, N.Y.

JUNE 16: Original precept by Clare, age 11, State College, Penn.

JUNE 17: Original precept by Josh, age 10, Troy, Mich.

JUNE 25: Original precept by Emma, age 11, Croton-on-Hudson, N.Y.

JUNE 26: Original precept by Paco, age 26, Brazil.

JUNE 30: Original precept by Caleb, age 17, Brooklyn, N.Y.

JULY 12: Unknown precept contributed by Julia, age 10, Troy, Mich.

JULY 15: Anthony Robbins quote contributed by Cole, age 14, Regina, Sask., Canada.

JULY 20: Original precept by Mae, age 11, Marblehead, Mass.

JULY 23: Original precept by Matea, age 12, Regina, Sask., Canada.

AUGUST 10: Doug Floyd quote contributed by Abby, age 10, Merrick, N.Y.

AUGUST 26: Original precept by Ava, age 11, Blackstone, Mass.

AUGUST 30: Artwork by Ali, age 11, Jackson Heights, N.Y.

SEPTEMBER 8: Unknown precept contributed by Samantha, age 13, Regina, Sask., Canada.

SEPTEMBER 13: Original precept by Zöe, Greensboro, N.C.

SEPTEMBER 16: Original precept by Alexis, age 10, Quebec, Canada.

SEPTEMBER 24: Proverb contributed by Tayler, age 10, Dresden, Ohio.

SEPTEMBER 26: Original precept by Riley, age 10, St. George, Utah.

SEPTEMBER 29: Original precept by

Elizabeth, age 9, Nashville, Tenn.

OCTOBER 3: Original precept by John, age 10, West Windsor, N.J.

OCTOBER 5: Unknown precept contributed by Katherine, Greensboro, N.C.

OCTOBER 14: Original precept by Daniel, age 12, Munich, Germany.

OCTOBER 22: Unknown precept contributed by Nate, age 10, Brooklyn, N.Y.

NOVEMBER 3: Original precept by Clark, age 12, Regina, Sask., Canada.

NOVEMBER 8: Original precept by J.J., Scotch Plains, N.J.

NOVEMBER 14: Taylor Swift quote contributed by Nikki, age 17, East Brunswick, N.J.

NOVEMBER 20: Original precept by Hailey, age 11, Chicago, Ill.

NOVEMBER 21: *Les Misérables* quote contributed by Katherine, age 11, San Diego, Calif.

NOVEMBER 27: Original precept by Nicolas, age 10, State College, Penn.

NOVEMBER 29: Original precept by Joseph, age 9, Brooklyn, N.Y.

DECEMBER 8: Original precept by Hanz, age 13, Regina, Sask., Canada.

DECEMBER 9: Original precept by Mairead, age 11, Franklin, Mass.

DECEMBER 13: C. S. Lewis quote contributed by Chidiadi, age 12, Regina, Sask., Canada.

DECEMBER 15: Original precept by Brody, age 10, Forked River, N.J.

DECEMBER 21: Original precept by Ainsley, age 10, Lakeview, N.Y.

DECEMBER 27: Original precept by Christina, El Paso, Tex.

DECEMBER 31: Original artwork: fox by Kevin, age 11, Jackson Heights, N.Y.; duck by Prasansha, age 11, Jackson Heights, N.Y.

Special thanks to Nikki Martinez, Dani Martinez, and Joseph Gordon for their help with additional art.

R・J・パラシオ　R.J.Palacio

アメリカの作家。長年、アートディレクター、デザイナー、編集者として、
多くの本を担当してきた。デビュー作『ワンダー』は全世界で
800万部の大ベストセラーとなり、映画も公開された。
夫と2人の息子、2匹の犬とニューヨーク市に住んでいる。
他の作品に『もうひとつのワンダー』(ほるぷ出版)など。
くわしくは、ほるぷ出版のホームページへ http://www.holp-pub.co.jp/

中井はるの　なかいはるの

翻訳家。出産をきっかけに児童書の翻訳に携わるようになる。
2013年、『木の葉のホームワーク』(講談社)で第60回産経児童出版文化賞翻訳作品賞受賞。
他の翻訳作品に『ワンダー』『もうひとつのワンダー』(ほるぷ出版)、
『グレッグのダメ日記』(ポプラ社)など。

作＝R・J・パラシオ
訳＝中井はるの
2018年6月20日　第1刷発行

発行者＝中村宏平
発行所＝株式会社ほるぷ出版
〒101-0051　東京都千代田区神田神保町3-2-6
電話03-6261-6691／ファックス03-6261-6692
http://www.holp-pub.co.jp

印刷＝共同印刷株式会社
製本＝株式会社ブックアート

NDC933／448P／209×145mm／ISBN978-4-593-10040-8
Text Copyright © Haruno Nakai, 2018

翻訳協力＝中井川玲子
編集協力＝平勢彩子

乱丁・落丁がありましたら、小社営業部宛にお送りください。
送料小社負担にてお取り替えいたします。